岩波現代文庫／学術 388

永遠のファシズム

ウンベルト・エーコ
和田忠彦［訳］

岩波書店

CINQUE SCRITTI MORALI

by Umberto Eco

First published 1997
by Bompiani, an imprint of RCS Libri S. P. A., Milano.

First Japanese edition published 1998,
this paperback edition published 2018
by Iwanami Shoten, Publishers, Tokyo
by arrangement with
La nave di Teseo editore, Milano
through Tuttle-Mori Agency, Inc., Tokyo.

序

本書に収めた文章には、共通する特徴がふたつある。まず講演や時事的発言として、その都度生まれたものであること。ついで、テーマは多岐にわたるが倫理的性格をもっていること、つまり、すべきことと、すべきでないこと、あるいはけっしてしてはならないことが検討されている点である。

これらの文章が偶然の産物である以上、それぞれがどのような状況下で書かれたものかを明記しておくべきであろう。さもなければほとんど理解されないということにもなりかねないからだ。

「戦争を考える」は、湾岸戦争のさなか、『リヴィスタ・デイ・リーブリ』誌(一九九一年四月第一号)に掲載された。

「永遠のファシズム」は、一九九五年四月二十五日、ヨーロッパ解放記念行事として、コロンビア大学イタリア・フランス学科が主催したシンポジウムにおいて、英語で発表したものである。その後、"Eternal Fascism"の表題で『ニューヨーク・レヴュー・オヴ・ブックス』誌(一九九五年六月二十二日号)に掲載され、さらにその翻訳が『リヴィスタ・デイ・リーブリ』誌(一九九五年七・八月合併号)に「ファジーな全体主義と原ファシズム」と題して再録された(本書収録のものは、これに若干の形式的修正を加えた)。しかしこの文章がアメリカの学生を聴衆に想定して書かれたこと、また当時オクラホマの襲撃事件(連邦政府ビル爆破事件)が全米を揺るがし、アメリカにも極右組織が存在するという事実が(まったく秘密ではなかったのだが)明らかになったこと、この二点については考慮してほしい。つまり反ファシズムというテーマは、そうした状況下では特殊な意味合いをもつものであり、ファシズムについて歴史的反省を加えることによって、さまざまな国々において、いま現実に起きている問題についての反省をうながそうとしたものであったということである。この講演は、その後、じつに多くの言語に翻訳され、新聞や雑誌に掲載されることになった。さらに、アメリカの若者たちを対象とした講演であったため、イタリア人読者であれば知っているような出来事について、学校で習うような情報や説明が盛り込まれている一方で、ルーズベルトの言葉を引用して、アメリカにおける反ファシズム運動を暗示したり、解放前後の日々におけるヨーロッパ人とアメリカ人の出会いをくどくどしく述べることになった。

「新聞について」は、イタリア上院(議長カルロ・スコニャミッリオ)主催の連続セミナーの一環として、上院議員諸氏と主要新聞の編集長を前に、発表した報告である。終了後、活発な議論が行われた。後日、上院自身の編集による『ジュスティニアーニ宮研究集会、今日の新聞と政界』(ローマ、上院出版局、一九九五年)に掲載された。同書には、ほかに、カルロ・スコニャミッリオ、ジュリオ・アンセルミ、フランチェスコ・タバルディーニ、シルヴァーノ・ボローリ、ヴァルテル・ヴェルトローニ、サルヴァトーレ・カッルーバ、ダルコ・ブラティーナ、リヴィオ・カプート、パオロ・ミエーリの発表も収載されている。

「他人が登場するとき」は、マルティーニ大司教への返信を載録したものである。四通の往復書簡が交わされ、『リベラル』誌に発表された。書簡はその後一冊にまとめられた(『信仰をもたない者はだれを信じるのか?』ローマ、アトランティデ出版、一九九六年)。わたしの文章は、マルティーニ大司教の発した以下のような質問に答えたものである。「倫理の絶対性を構築するためには、〈形而上学的原理〉もしくは超越論的価値にも、普遍的に有効な〈至上命令〉にも依拠しないとするなら、道徳的行動に出るとき、あなたの確信と命令は何に基づいているのでしょうか?」。議論の全体像については、前掲書に譲ることとしたい。同書には、ほかに、エマヌエーレ・セヴェリーノ、マンリオ・ズガランブロ、エウジェニオ・スカルファリ、インドロ・モンタネッリ、ヴィットリオ・フォア、クラウディオ・マルテッリの諸氏が論考や覚書きを寄せている。

「移住、寛容そして堪えがたいもの」はコラージュである。第一節は、一九九七年一月二十三日、バレンシア州主催による、第三千年紀の展望に関する学会発表の冒頭部である。第二節は、一九九七年三月二十六、二十七両日、世界文化アカデミーによりパリで開催された外国人排斥問題をめぐる国際フォーラムの開会講演を翻訳改稿した。第三節は、軍事法廷がプリブケに判決を下した際に、「〈誰がために鐘は鳴る〉などと訊かないでくれ」と題し、『レプッブリカ』紙に掲載された。

目　次

戦争を考える

ここでは「戦争 Guerra」について考える。「戦争 Guerra」のGを大文字にしたのは、現代社会において戦争が担っている形態、つまり複数の国家が明確に同意をあたえることによって闘われる「熱い」戦争を意図してのことである。この原稿が編集部に渡るのは、連合軍がクウェートに進攻したころだろうから、これを読者が目にするころには、おそらく——予想外のできごとさえなければ——湾岸戦争において当初の目的が達成され、満足のゆく結果が得られた、とだれしもが考えていることだろう。そうなると、予想通りの結果を得ることのできた企てを、無駄や悪だと考えるひとなど誰ひとりいないだろうから、戦争の無益や悪について語るなんて矛盾していると思われるかもしれない。だとしても、これから述べる反省は、事態の進展のいかんにかかわらず、意味をもつべきだと考える。戦争が「好都合」な結果をもたらしうるものであるならなおさらである。そうした戦争がもたらす結果こそ、場合によっては、戦争がいまだ理にかなった可能性であると万人を納得させる理由となるからだ。ならば一方で、それを否定することが義務であることも変わりはない。

戦争当初から、この劇的事件に対してしかるべき立場を取ろうとしない「知識人たち」を声高に非難する論調が目につく。そうした論調の大勢は、普通は(同業組合的な意味における)知識人によって表明されたために、いったいだれが沈黙を守る少数派に属し、言論による行動をもとめられているのかが疑問であった。あきらかに問題とされたのは、論争の当事者の一方だけに荷担し、〈公正〉な方法で自分の意見を述べようとしない連中だった。その証拠に、一方の期待に反する発言をした者を、資本主義シンパの徹底的主戦論者か、アラブ・シンパの平和主義者よばわりして、裏切り者の知識人の烙印を押すという光景が、毎日のように繰り返された。

多数派の論調の内部にあっては、マスメディアの対立が、双方それぞれの非難が正当であるかのごとく対立を煽り立てる結果をまねいた。戦闘の必然性と不可避性を支持する者は昔気質の参戦論者と目された。平和主義者たちはといえば、十年一日のごとく儀式のように同じスローガンを繰り返す者がほとんどで、一方の降伏を望むのは、戦争を仕掛けた側に肩入れするようなものだと絶えず非難されていた。悪魔祓いの儀式のように、戦闘を支持する者は、戦争がいかに残酷なものであるかを肯定することからはじめなければならなかったし、それに反対する者は、サダム・フセインがいかに非道であるか断罪することからはじめなければならなかった。

こういった場合のそれぞれで、たしかにわたしたちは職業的知識人たちのあいだで交わされた議論には立ち会ったが、知識人がその役割を果たす場面には立ち会わなかった。カテゴリーとしての知識人は、衆知のごとく、きわめて曖昧な存在である。けれど「知識人の役割」を定義することは、また別の問題だ。それは、「真実」の概念自体について説得的な近似値とみなされているものを批判的に究明することである――しかもその究明は、だれが行おうとかまわないわけで、たとえば社会的に疎外された人物が、自分が置かれている状況を反省した結果を、ともかくも表現することによっても可能なのだ。その一方で、反省を充分整理しないまま、事件に感情的な反撥をしめす作家によって裏切られることも起こりうるわけだ。

だからこそ、ヴィットリーニは、知識人は革命に笛を吹くべきではないと繰り返し言っていたのだ。(1) ひとつの(個人として行うことのできる)選択の責任を逃れるためではない。行動の瞬間には曖昧さや微妙さを排除しなければならない(しかも、これはあらゆる社会制度において〈意思決定者 decision maker〉だけが果たせる役割である)以上、知識人の役割は曖昧さを掘り下げ、それに明確な光を当てることにあるからだ。知識人にとって第一の義務は、同道の仲間を批判すること(「考える」とは、〈もの言うコオロギ Grillo Parlante〉の役割を果たすこと)である。知識人が沈黙を選択することもあるわけだが、それは、自分と一体だとみなす人びとがたまたま過ちを犯したとしても、結局は万人のために善かれと思ってしたことだと考えることにして、かれらを裏切ることを恐れるからだ。

こうした悲劇的な選択が生んだ物語はいくらでもある。そのために、信じてもいない闘いに死をもとめ、命を落とすひともいる。それは忠誠を真実と取り換えることができると考えたせいだ。けれど忠誠は倫理的カテゴリーであり、真実は理論的カテゴリーなのだ。

もちろん知識人の役割が道徳と無縁なわけではない。行動を決断するのは道徳的選択である。命を救うために生きた肉体にメスを入れることを決断する外科医の選択が道徳的であるのと同じことだ。しかしメスを入れる瞬間に、あるいはたとえ手術をつづける価値はないとわかってふたたび縫合する場合でも、心を乱すことは外科医には許されない。知識人の役割が心情的には堪えがたい結果をよぶこともあるだろう。ときには解決策はないと示すことによって、問題を解決しなければならないこともあるからだ。自分の結論を表明すること――あるいは（もしかしたら自分が間違っているかもしれないと思いながら）沈黙を守ること――は道徳的選択なのだ。たとえほんの一瞬であれ、「人類の公僕」としての責務を担う者のドラマとはこうしたものだ。

教皇の取った立場については、カトリック陣営内部においてさえ、かなり皮肉な対応が見うけられた。教皇は、戦争はすべきでないと発言し、祈りを捧げ、起こったことの複雑さに比べれば瑣末としか思えない代替解決案を提案した。それを認めるために、敵味方そろって、哀れな御仁は自分の仕事を果たしたにすぎないと結論づけたわけだが、それはほかに言いようがなかったからだ。それは正しい。教皇は（真理についてみずからの視点に基づいて）知識人としての役割を果たし、戦争はすべきでないと発言したのである。教皇は、福音を徹底して実践しようと思うなら、もう片方の頬も差し出すべきだ、と言わねばならないのだ。だが、だれかがわたしを殺そうとしたら、わたしはどうしたらよいのだろう？「自分でなんとかしなさい」と教皇なら言うべきだ、「それはあなたの問題です」と——正当防衛に関する決疑論は人間のもろさを救うためにのみ介入するものであるはずだからこそ、だれも立派な英雄的行動にあえて執着しなかったのである。教皇の立場には非の打ち所がなく、もしそこに具体的な指示として理解できるような何かを付け加えるとしても、(時には)自分の知識人としての役割を放棄し、政治的選択をする(しかもこれは教皇自身の問題である)ことになるだろう。

仮にそうであったとすれば、知識人社会は四十五年このかた戦争問題に関して無言でいたわけではない、と言わねばならない。たしかに発言はしてきたのだ。職業的使命感をもって、戦争に対する世界の見方を根本的に変えることさえしてきた。今回ほど、人びとが起こりつつあることの恐怖と曖昧さを感じたことはなかった。正気を失った少数の人間を除けば、誰ひとりとして、単純に事の黒白をつけられると考えるものはいなかった。戦争が勃発したという事実は、知識人の言説が完全に功を奏したわけではなく、舌足らずで不充分な歴史的空間しか持ち合わせなかったことを示すものだ。だがこれは偶発的な事件なのだ。今日の世界は、今世紀初頭とは異なる眼で戦争をながめている。もしもだれかが、今日、戦争の美しさを「世界の唯一の健康法」(2)だと語ったとしたら、文学史には登場せずに、精神医学史に登場することになるだろう。名誉毀損や同害刑法で起きたことが戦争で起こったのだ。もはやだれもそれを実行しないというのではない。かつては善と判断していたものを、社会が悪と判断しているのだ。

だがこれではまだ、道徳的・感情的反応の域を出ないかもしれない(ときには、集団的感情がより大きな善を保証する犠牲や恐怖を受け入れることができるように、同じ道徳が殺人の禁止を例外的に認めることもありうるからだ)。逆に戦争をより根本的に、純粋に形式的な範囲で、その内的一貫性について考える方法がある。戦争を可能とする諸条件を省察することによって、戦争は不可能だと結論づけるためである。なぜなら、瞬時にして情報が伝達され、輸送が高速化され、大陸間の移住が途切れることなくつづくという社会が存在するという事実は、新しい戦争技術の性質と一体となって、戦争を不可能で不当なものとしているからである。戦争は、それが行われる理由そのものに矛盾しているのだ。

過去数世紀において、戦争の目的とはなんだったのか？ 戦争は敵を打ちのめすために行われてきた。それは敵の敗北から利益を引き出し、こちらの——特定の結果を得るために特定の方法で行動するという——意図を、敵の意図を実現不可能にするような方法で戦術的・戦略的に実現するために行われてきた。その目的のためには、配置可能な兵力すべてを戦場に送ることができるようにしなければならなかった。最後には、こちらと敵のあいだで戦闘が行われた。他者の中立、つまりわが方の戦争が第三者に迷惑をかけない(しかもある程度かれらが利益を得ることができる)という事実は、こちらが自由に作戦を遂行するために必要なことだった。クラウゼヴィッツ(3)の「絶対戦争」でさえ、この制約からは逃れられなかった。

「世界戦争」という概念が生まれたのは、ようやく今世紀のことである。それはポリネシアの諸部族のような、歴史のない社会をも巻き込むような戦争を指すものだった。原子力、テレビ、航空輸送の発明によって、そして多様な形態をもつ多国籍資本主義の誕生によって、戦争の不可能性をしめす条件がいくつか証明されることになったのである。

1　核兵器は、核による抗争に勝者は存在せず、あるとすれば地球という敗者だけであると万人に納得させるものだった。しかし、まず原子力戦争がエコロジーに反するものであると気づけば、ついで、あらゆる反エコロジカルな戦争は原子爆弾によるものと同じであり、結局いまやどんな戦争も反エコロジカル以外の何ものでもないと納得がいくはずだ。原子爆弾を投下する(あるいは海を汚染する)者は、中立の人びとにだけでなく、地球全体に宣戦布告することになる。

2　戦争はもはや敵対するふたつの戦線のあいだで起こるものではない。アメリカのジャーナリストたちのバグダッドでのスキャンダルは、規模の大きさからいえば、反イラク同盟諸国に生きる何百万というイラク・シンパのイスラム人のスキャンダルに等しい。かつての戦争では、潜在する敵対勢力は拘禁(あるいは抹殺)されたし、敵地にあって敵の利を説いた同胞は、戦後、絞首刑に処せられたものだ。しかし戦争はもはや、多国籍資本主義の本質そのものによって、正面衝突にはなりえない。イラクが複数の西欧企業によって武装したことは偶然ではない。これは成熟した資本主義の論理に適ったものであり、個々の国家による統制を免れるものだった。アメリカ政府は、テレビ取材班が敵の思惑に乗せられていると判っても、相も変わらず、共産主義シンパの頭でっかちの陰謀によるものだと信じていた。対照的にテレビ取材班のほうは、「新聞だ、おやじ、あんたには止められないさ」と言いつつ、裏切り者のギャングに輪転機の音を電話ごしに聞かせるハンフリー・ボガートよろしくヒーローを気取っていた。しかし情報産業の理論において、情報は商品であり、しかも劇的であるに越したことはない。メディアは戦争に笛を吹くことを拒絶したわけではない。メディアは単に、回転軸にまえもって転写されていた音楽を演奏している自動ピアノにすぎない。こうしていまや、補給路にはどんな敵が待ち構えていても不思議ではないという、あのクラウゼヴィッツでさえ受け入れられなかったであろう事態が戦争に生じている。

3　メディアが言論を抑圧されるときでも、さまざまな新しい通信技術が阻むことのできない情報の流通を可能にする——それは独裁者にも阻止できないものだ。このために活用される最小限の技術的基礎設備は、その独裁者にしても手放せないものだからだ。こうした情報流通は、伝統的な戦争において諜報活動が果たしてきた機能を担っている。つまり奇襲行為をことごとく無効にする点においてである——およそ敵に奇襲をかけられない戦争などありえないはずだ。およそ戦争は敵に対して知恵をはたらかせるように仕向けるものだ。しかし情報はそれ以上のはたらきをする。絶えず敵に語りかけ(あらゆる軍事政権の目的は敵側のプロパガンダを阻止することにあるのだから)、自国政府に関して個別的に市民を意気阻喪させる(一方クラウゼヴィッツは、勝利の条件は全軍人の道徳的結束であると説いた)のである。過去の戦争はすべて、市民たちが戦争を正しいと信じ、敵を倒すことを願ってやまないという原理に基づくものだった。ところがいまでは、情報は市民の信頼をゆるがすだけでなく、敵の死よりもまず自分たちの心を痛ませるものとなっている——それはもはや遠くのぼんやりした出来事ではなく、目に見える堪えがたい出来事なのだ。

4　こういったことすべてが(フーコー[4]を思い出してほしい)、権力はもはや一枚岩でも「単一細胞」でもないという事実に呼応している。権力は拡散し細胞化することで、絶えず無秩序な離合集散を繰り返す無数の合意によって成り立っている。戦争はもはやふたつの祖国を対立させるものではない。無数の権力間の競争を引き起こすものだ。この競技においては、個々の権力中枢は恩恵にあずかるが、それは他者の犠牲の上に成り立っている。もしも旧い戦争が武器商人を肥え太らせ、その儲けが次の段階において商業交易を一時的に中断させるものであったとしたら、新しい戦争は、武器商人に富をもたらすとしても、航空輸送やレジャー、旅行、そして(広告収入の損失というかたちで)メディアといった産業を、さらには建築市場から自動車までの――機構の骨格をなす――あらゆる余剰産業全般を(しかも地球規模で)危機に陥れるものだ。戦争勃発のニュースに、市場は一気に高騰したが、さらに一ヶ月後、和平の可能性の気配を逸早く察知した市場は、いっそうの高騰をみせた。最初の高騰には、いかなる「シニシズム」も、二度目の高騰には、いかなる美徳もない。市場は権力作用のゆらぎを記録するものだ。戦争においては特定の経済権力間に競争が生じ、その闘争の論理が国家権力の論理を超えるものとなる。国家的消費のための産業(たとえば軍備)が緊迫を必要とするのに対し、個人消費のための産業は、幸福を必要とする。

闘争は経済の領域で行われるのである。

5　理由のいかんを問わず、戦争は、もはやかつてのような「連続する」知的システムではなく、「並行する」知的システムに似てくる。連続する知的システムとは、たとえばそれが情報データのなかから推論を導き出したり翻訳する能力のある機械をつくる目的で応用されるとき、有限の規則に基づいて、次の決定がなされるようプログラマーによって設定されるものだ。個々の決定は、先行する決定の評価に左右され、二進法による一連の分岐が形成する樹木構造をなぞってゆく。こうした方法で、旧式な戦争の戦略は進められていた。もしも敵が東にむけて部隊を動かしたなら、自軍は、敵が次に南進するつもりだと予想しなければならない。こういった場合、同じ理論にしたがって、こちらは敵に奇襲をかけ、その行く手を阻むために部隊を北東に向けて動かす。敵の規則は同時に自軍の規則であり、だれもがチェスのゲームのように、その都度決定を下せばよかった。

ところが並行システムにおいては、オペレーターが決定や予測のできない「重さ」の配分にしたがって、最終的な配列を固めるための決断は、ネット上の細胞個々に委ねられる。ネットは事前に受け取っていない規則を発見すると、自己修正を加えながら解決策を見つけるため、規則とデータのあいだに区別はなくなる。予測される解答によって、あたえられる解答を統御し、以下のような実験をとおして重さを再調整することができれば、この種のシステム（いわゆる「ニューコネクション」もしくは「ニューロン状ネット」）は、たしかに統御可能なものとなる。そのためには、しかし、以下の条件が必要となる。(1)オペレーターに時間的余裕があること。(2)競合するオペレーター二名がそれぞれ矛盾する方法で重さを再配分する状態にないこと。そして最後に、(3)ネット上の個々の細胞が、オペレーターとしてではなく、細胞として「判断する」こと、つまりオペレーターの行動から推論される決定をしないこと。そしてなによりネットそのものの論理から逸脱した関心をもたないこと。

一方、細胞化した権力システムにおいては、あらゆる細胞が、それぞれ固有の関心にしたがって反応する。それはオペレーターの関心ではなく、ネットの自己力学的傾向とも無関係である。その結果、もしも——隠喩（メタファー）としてではあれ——戦争がニューコネクション的システムであるなら、戦争は自己展開し、敵対する双方の意志からは独立した位置を占めることになる。この点で興味深いのは、アルノ・ペンツィアスが、神経系システム作用を拡大することによって用いた戦争のメタファーである(『ハイテク世界をいかに生きるか』ミラノ、ボンピアーニ社、一九八九年、一〇七―一〇八頁)。

従来、個々の神経単位は、細かく枝分かれした(「樹状突起」とよばれる)入力ケーブルから刺激を受けたとき、電気的に活動状態になる(「発射する」)と考えられてきた。「発射」の瞬間、神経単位は(「軸索突起」とよばれる)連続する出力ケーブルにそって電気信号を発する……個々の神経単位の「発射」は、それ以外の多数の神経単位の活動に左右されるから、なにがいつ起こるのかを計算できる簡単な方法は何ひとつ存在しない。〔……〕シナプスの接続の特殊な配列にしたがって、一〇〇ニューロンからなる神経系ネットをシミュレーションしてみると、(一兆の十億倍の十億倍、あるいは十の三十乗という絶対的可能性全体に対して)可能な均衡状態をすべて個々に規定してみせたのである。

戦争がニューコネクション的システムであるとすれば、戦争はもはや主人公たちの計算や意図が価値を持つ現象ではない。権力作用の多様化によって、戦争は予測不能な「重さ」の配置にしたがって分配される。その結果として、戦争が終結することもあれば、決着した態勢が敵対する一方に有利になるということも起こりうる。しかし基本的には、最終的に決算をしてみるとき、戦争が双方にとって負け戦に終わることに変わりはない。こうした隠喩に比べて、ネットワークを管理するオペレーターの激務はといえば、矛盾するインパルスを受け取ってネットワークを破壊する結果をまねくかもしれない。考えられる戦争の結末は、ティルト電流の遮断である。かつての戦争は、一方が敵の駒をどれだけ多く取り、相手を自滅へと(規則にかなった方法を熟考しつつ)追い込めるかが目標となるチェスのゲームのようなものだった。ところが現代の戦争は、チェス・ゲームといっても、対戦相手の両者がともに(同じネットワーク上で)自分の色の駒(ゲームは白黒ではなく、単一色だ)を操り取ってゆくものだ。それは自分を食べるゲームなのだ。

一方で、戦闘がある瞬間にどちらかにとって優勢であると判明したとき、その「ある瞬間」における優勢は、最終的な優勢に一致することを暗に意味するだろう。だが仮に戦争がいまでも――クラウゼヴィッツの望んだように――政治以外の手段による政治の継続である(このため戦争は政治回復を可能にするような均衡状態に達したとき終結する)としたら、最後の瞬間はたしかに到来するはずだ。しかし今世紀において、戦後の政治とは、つねにどんな場合でも、戦争によって定められた約定を(あらゆる手段をもって)継続することにあった。たとえ経過がどうであれ、戦争は「重さ」の全面的再編成を引き起こすものであり、それが敵対する両者の意志に完全に合致することなどありえない以上、以後数十年にわたって、政治的・経済的・心理的に不安定な劇的状況において延々と継続することになるはずだから、そこから生まれるのは「闘われる政治」以外のなにものでもありえまい。

それにしても、戦争が異なった展開を見せたことは、これまで本当になかっただろうか？　クラウゼヴィッツが間違っていたと考えてはいけないのだろうか？　歴史記述は、ワーテルローの戦いを(ひとつの戦果を得たことを理由に)ふたつの知性の衝突であると読み直すのだが、同じことをスタンダールは偶然性の範疇で読みとる術を知っていた。古典的戦争が合理的結果——ある最終的均衡——をもたらしたと結論づけることは、歴史があるひとつの方向をもち、それを〈テーゼ／アンチテーゼ〉の全き媒介の結果であるとする、いわばヘーゲル的予断に由来するものだ。ポエニ戦争後の地中海、もしくはナポレオン戦争後のヨーロッパは均衡状態にあったとみなすべきだとする考えに、科学的(もしくは論理的)根拠はない。もしも戦争がなければ生じなかった不均衡状態とみなすこともできるかもしれない。何万年間にわたって人類が不均衡状態の解決策のひとつとして戦争を行ってきたとしても、それは、その同じ期間、人類がアルコールやそれと同じくらい破壊効果のある物質に依存することによって、精神的不均衡の解決をはかってきたという事実とは何の関係もないのだ。

ここにタブーの問題が介在する。かつてモラヴィアが示唆したことがある[5]。数世紀かけて人類が、近親結婚は否定的結果をもたらすと確認されたことを理由に、周到にも近親相姦はタブーだと決めた以上、戦争はタブーであると宣言しなければならないと、人類が本能的に気づくのは時間の問題だろうと。この発言は、タブーは道徳的あるいは知的決意によって「宣言」されるものではなく、数千年を費やして集合的意識の奥底で形成されるとする現実論(神経系組織は最終的に自力で均衡状態に到達できるというのと同じ理由)によって応じられた。もちろんタブーは宣言されるものではない。それはみずから宣言するものだ。しかし加速度的に成長する時期は一度ならずおとずれる。母親や姉妹といっしょになることで集団間の交流が停滞すると気づくためには、数万年の歳月が必要だった——それは、ちょうど人類が性行為と妊娠の因果関係を見極めるまでに長い時間がかかったようにみえるのと同じだ。ところが戦争によって航空会社が閉鎖されると気づくには、二週間で充分だった。したがって、タブーの必要を明言することは知識人の義務や常識と両立するものだが、確実にそう言ってもかまわない段階を見定めて、それを明言するだけの権威はだれにもない。

戦争の不可能性を明言することは知識人の義務である。それは、解決のための代替案がないとしても変わりはない。せいぜいが、わたしたちの世紀は、戦争の「秀逸な」代替案を、すなわち「冷たい」戦争を体験したことを思い出すだけでもかまわない。歴史は、恐怖や不正、外国人排斥、地域紛争、拡大するテロといった事態をまえにして、勝者・敗者まで決めてくれた戦争が、いかに人間的で、相対的にみれば穏健な解決策であったかを、最終的に認めねばならないだろう。しかし冷戦状態にあると宣告することは知識人の役割ではない。

一部の人びとの眼に、戦争に臨んで知識人が沈黙していると映ったものは、おそらく戦争の渦中にあってメディアを通じて戦争を語ることに対する知識人の怖れだったのだろう。実際それは、メディアが戦争の一部であり、その道具であることが単純すぎるくらい明らかである以上、メディアを中立地帯と考えることは危険だという理由によるものだっただろう。なによりメディアには、省察の時間とは異なる時間が流れている。知識人の役割は、つねに（起こりうる事態に対し）まえもって、あるいは（起きた事態に対し）あとから行動することだ。いままさに起こりつつあることに対しては、余程のことがないかぎり行動するものではない。それはリズムが原因なのだ。つまり出来事はいつも、出来事についての省察にくらべれば素早く切迫したものであるからだ。だからコジモ・ピオヴァスコ・ディ・ロンドーは樹上で暮らしていたのだ[6]。自分の時代を理解し、時代に参加するという知識人の義務から逃れるためではなく、時代を理解し、そして時代により適切に参加するために。

けれど戦術的沈黙のための空間を選択するときでさえ、戦争についての省察は、最後には、その沈黙が声高に表明されることを要求するものだ——しかも併せて、その沈黙の宣言、無力な行為のもつ説得力、省察の実践は個人の責任をまるごと引き受けることにほかならないという矛盾する事実を意識することだ。しかし知識人にとって第一の義務は、今日戦争は人間の主体的決断をことごとく無に帰するものであり、その表面上の終結(と表面的な勝者)でさえ、いまや同じひとつの網の虜となった「重さ」の自律的なゲームを阻止することはできないのだ、とひろく知らしめることにある。なぜなら重さは、「重さがある以上垂れ下がるものであり、垂れ下がるものである以上なにかに依存する……それでも下降することを望むものだ。なぜなら次の位置は、その低さにおいて、その都度占めている位置を超えるからだ……重さはけっして説き伏せることはできない」(ミケルシュテッテル[7])。

このような下降はけっして正当化できるものではない。なぜなら——人間の権利のおよぶかぎりにおいて——それは犯罪よりもたちの悪いものだからだ。戦争、それは浪費である。

(1) 作家エリオ・ヴィットリーニ Elio Vittorini(一九〇八—六七)は、解放後みずから編集長を務める総合文化週刊誌『ポリテクニコ』(一九四五—四七)を舞台に、いちはやく〈政治と文化〉をめぐる問題を知識人論として展開した。とりわけ当時の共産党書記長トリアッティをも巻き込んだ論争は、戦後イタリア社会における最初の本格的な〈アンガージュマン〉論争として、おおきな反響を呼んだ。「革命に笛を吹くな」は、その誌上論争のなかで、一種の決意表明として発表された評論の表題である。

(2) マリネッティの起草した「未来派宣言」(一九〇九)のなかにあるスローガン。世界の穢れを掃う手段は戦争しかないという論理で、イタリアの若い文学者たちを参戦論に傾かせ、第一次世界大戦の戦場へと駆りたてた。

(3) カール(・フィリップ・ゴットリープ)・フォン・クラウゼヴィッツ Karl(Philip Gottlieb) von Clausewitz(一七八〇—一八三一)。歿後二年経って出版された「戦争論」において、プロイセンの将軍が唱えた全面戦争政策は、革命的な軍事論として内外におおきな影響をもたらした。

(4) ミシェル・フーコー Michel Foucault(一九二六—八四)が諸所で展開する権力論を想

起しよう。

(5) アルベルト・モラヴィア Alberto Moravia(一九〇七―九〇)。評論集『目的としての人間』(一九六三)においてだけでなく、その小説作品においても、近親相姦をはじめとするタブーの問題は、一貫して追究されたテーマである。

(6) イタロ・カルヴィーノ Italo Calvino(一九二三―八五)の小説『木のぼり男爵』(一九五七)の主人公コジモは、九歳のとき、昼食に出されたカタツムリ料理がいやで、食堂の窓から抜け出し樹上の人となる。以後、生涯を樹上で暮らしながら、啓蒙主義の時代をながめつづけることになった。ものごとを的確に判断するためには、まず「距離」をとること――というカルヴィーノの知識人論としても読まれている。

(7) カルロ・ミケルシュテッテル Carlo Michelstædter(一八八七―一九一〇)。未来主義運動と対極をなす内省的な思想的・美学的傾向をもった雑誌『ヴォーチェ』に依った詩人として知られる。その自殺後、姉妹や友人の手によって刊行された作品には、評論集が二冊ふくまれている。ここで引用されているのは、その一冊『説得と修辞』(一九一三)からのもの。オーストリア国境に近い町ゴリーツィアで、ユダヤ人の富裕な知識人家庭に生まれた詩人は、一貫して愛国主義的であった。かれに自死を選ばせた思想的背景として、修辞を虚偽とし、死を至上の実存的自律の行為とするロマン主義的愛国主義が挙げられる。

永遠のファシズム

一九四二年、十歳のとき、わたしは「青少年競技会」で一等賞を獲りました(ファシスト・イタリアの若者が挙《こぞ》って自由参加を——要するにイタリアの青少年全員がということです——よびかけられたコンクールでした)。「われわれはムッソリーニ閣下の栄光とイタリアの不滅のために死すべきか?」という課題について、凝りに凝った作文を書いたのです。質問に対するわたしの答えはイエスでした。利発な少年だったのです。

翌四三年になって、わたしは「自由」ということばの意味を発見しました。このエピソードはこの話の最後で紹介するつもりですが、そのときはまだ、「自由」は「解放」を意味することばではありませんでした。

わたしはナチス親衛隊とファシストとパルチザンが銃撃戦を繰り返すなかで少年時代の二年間を過ごしたおかげで、銃弾の避《よ》け方は習いました。練習としては悪くなかったと思います。

一九四五年の春、ミラノをパルチザンが掌握します。その二日後、わたしの住んでいたちいさな町(1)にも、パルチザンがやってきます。町の広場はひとであふれかえり、歌声がこだまし、旗がうちふられるなか、地区のパルチザン指導者、ミーモの登場をもとめる声が響きわたっていました。ミーモは、バドリオ政権下で憲兵隊の准尉だった人物で、内戦がはじまってまもなく戦闘で片足をなくしていました。市庁舎のバルコニーに、顔色の悪い松葉杖すがたの男があらわれ、片方の手で群衆に静粛をもとめました。わたしはその場にいて、かれの演説がはじまるのを待ちました。なにしろわたしの少年時代といえば、ムッソリーニの歴史的大演説一色だったわけですし、その大切な箇所は学校で暗唱させられていたくらいです。鎮まりかえった広場に、ミーモの声が流れはじめます。かすれて、ほとんど聞き取れないくらいの声でした。「市民そして友人の諸君。多数の痛ましい犠牲をはらい……いまここにわれわれはいる。自由のために命を落とした人びとに栄光あれ」。これだけでした。それで中に引っ込んでしまったのです。群衆は口々に叫び、パルチザンが武器を高々と掲げ、はれやかに空砲を響かせました。わたしたち子どもは、宝物のコレクションに加えようと、大慌てで薬莢を拾い集めました。けれどあのとき、わたしは、ことばの自由とは修辞の自由を意味するということも習ったのです。

それから数日して、はじめてアメリカ兵を見ました。アフリカ系アメリカ人でした。わたしが出会った最初の〈ヤンキー〉はジョゼフという黒人で、かれがディック・トレーシーやリル・アブナーのすばらしさを教えてくれたのです。かれのもっていた色刷の漫画はとてもいい香りがしました。

将校たちのひとり（マディという少佐か大尉だったと思います）が、同級生の女の子ふたりの屋敷に逗留していました。わたしの家からそこの庭をながめると、マディ大尉を囲むようにして女性たちが、片言のフランス語でおしゃべりに花を咲かせているのが見えました。マディ大尉はそれなりの高等教育を受けているらしく、すこしフランス語がわかったのです。こうしてアメリカからの解放者は、黒シャツ姿の冴えない顔ばかりみてきたわたしの前に、まず、黄緑色の軍服に身をつつんだ教養のある黒人としてすがたをあらわしたのです。「ええ《ウィ》、ありがとう《メルシーボクー》マダム《マダム》、シャンペンならわた《モワオッシジェーム》しも好きです《ルシャンパーニュ》……」というのがかれの口癖でしたが、あいにくシャンペンはありませんでした。ただわたしはマディ大尉から生まれてはじめてチューインガムをもらって、一日中噛んでいるようになりました。夜のあいだはコップの水に浸けて、次の日に硬くならないようにしておきました。

五月になって、戦争は終わったという噂が流れてきました。平和と聞いて、とても不思議な気分になったものです。イタリアの若者にとっては、ずっと戦争がつづくのが正常な状態だと、自分に言い聞かせてきたからです。それから数ヶ月のあいだに、わたしは、レジスタンスがイタリアに限った現象ではなく、ヨーロッパ全体の現象だったことを発見しました。"réseau"(対独抵抗運動組織)、"maquis"(抗独地下秘密基地)、"armée secrète"(秘密工作軍)、"Rote Kapelle"(赤いオーケストラ)、ワルシャワのゲットー——そんなあたらしい言葉を興奮しながら覚えたものです。ホロコーストの写真をはじめて見て、言葉を知るより先にその意味を理解したのもそのころです。自分たちがいったい何から解放されたかを理解したのです。

今日イタリアでは、果たしてレジスタンスは現実に戦争の行方を左右する軍事的インパクトだったのか、と疑問を投げかけるむきがあります。わたしの世代にとっては、そうした問いそのものが無意味です。わたしたちは直ちに、レジスタンスの倫理的・心理的意味を理解したのですから。わたしたちヨーロッパ人が解放をただ手をこまねいて待ち焦がれていたわけではないと知ることは、誇るべきことなのです。わたしたちヨーロッパの自由のためにみずから血の犠牲を払ったアメリカの若者たちにとっても、あらゆる戦線の背後に、ひと足先に身をもって負債を払いつつあるヨーロッパ人たちがいると知ることは、意味のないことではありませんでした。

今日イタリアには、レジスタンス神話はコミュニストがつくった嘘だと言うひとがいます。コミュニストがレジスタンスで主要な役割を果たしたのは自分たちだと言って、レジスタンスを占有物であるかのように利用したことは事実です。けれどわたしは、赤だけでなく色とりどりのネッカチーフを巻いたパルチザンたちのすがたを覚えています。

ラジオにへばりつくようにして、毎晩――窓を閉め切った暗がりのなか、受信機のまわりだけがちいさな光の輪を放っていました――ラジオ・ロンドンがパルチザンに向けて流すメッセージに聞き入っていたものです。メッセージといっても、謎めいた詩のようなもの(「日はまた昇る」とか「バラの花咲くときもある」)も混じってはいましたが、大半は「フランキへのメッセージ」とよばれるものでした。フランキというのは、北イタリア最強の地下組織の指導者で、勇敢な人物として語り草になっているんだ、とだれかがそっと教えてくれました。そのときからフランキはわたしのヒーローになったのです。フランキという人物は(本名をエドガルド・ソーニョといって)王政主義者でしたから、戦後は反共主義者として極右勢力を結集し、反動クーデタに協力した罪で起訴されたりもします。それでもいっこうにかまいません。ソーニョがわたしの少年時代のヒーローであることに変わりありません。解放は、色合いのちがう人びとにとって共通の大事業だったのです。

今日イタリアでは、解放戦争は悲劇的な分断期だったのだから、いまこそあらためて国を挙げて和解すべきときだと主張するひとがいます。あのおそろしい時代の記憶は鎮められるべきかもしれません。しかし無理矢理鎮めることは心を苛みます。あらためて和解することが、自己の信念にしたがってあの戦争を闘い抜いたすべての人びとに対する共感と尊敬を意味するとしても、許すことは忘れることを意味するわけではありません。わたしには、たとえアイヒマン[2]が心底自分の使命を信じていたと認めることはできても、「オーケー、また復帰してつづけたまえ」と言う気には到底なれません。いまここにわたしたちがいるのは、ほかでもない、過去に起きたことを思い出し、〈かれら〉が二度と同じことを繰り返してはならないと、厳粛に宣告するためなのです。

ですが〈かれら〉とは、いったいだれなのでしょうか？

もし第二次世界大戦以前にヨーロッパを支配したさまざまな全体主義政権を、いまだに想定しているのなら、歴史的諸条件が異なる状況下で同じ形態がよみがえることは困難であると、安心して断言できます。カリスマ的指導者の思想、協同体国家思想《コルポラティヴィズモ》、「古代ローマ帝国の宿命」というユートピア、新天地獲得の帝国主義的意図、病的昂揚をみせたナショナリズム、国全体を黒シャツ隊で編成するという理想、議会制民主主義の拒否、反ユダヤ主義——ムッソリーニのファシズムの基盤がこうしたものであったとすれば、「イタリア社会運動(ＭＳＩ)」から生まれた「国民同盟(Alleanza Nazionale)」[3]は、たしかに右翼政党ではあっても、かつてのファシズムとはほとんど無縁の存在であると認めるにやぶさかではありません。同様の理由で、ロシアをふくむヨーロッパ各地で活発化しつつあるナチスの系譜に連なる雑多な運動は気懸かりではあっても、ナチズムが起源の形態をとって一国全体を巻き込む運動として再現しつつあるとは思いません。

いずれにしても、たとえ政治体制が転覆され、その結果、体制のイデオロギーが批判され非合法化されることはありうるとしても、体制とそのイデオロギーの背後には、かならず特定の考え方や感じ方、一連の文化的習慣、不分明な本能や不可解な衝動が渦巻く星雲のようなものが存在するわけです。つまりいまもまだ別の亡霊が(世界の他の地域は措くとしても)ヨーロッパを徘徊しているということなのでしょうか?

かつてイヨネスコ(4)が「大切なのは言葉だけだ、それ以外は無駄話だ」と言ったことがあります。言語的習慣は往々にして、表出されない感情の重要な兆候なのです。

そこで、レジスタンスばかりでなく第二次世界大戦全体が、世界中において、反ファシズム闘争と規定されるのはなぜか、という問題について考えさせてください。たとえばヘミングウェイの『誰がために鐘は鳴る』を読み直してみれば、ロバート・ジヨーダンが自分の敵をファシストと同一視していることに気がつくでしょう。スペインのファランへ党員だって、かれには同じにみえたのです。

ここで失礼してフランクリン・D・ルーズベルトの言葉を引かせていただきます。「アメリカ人民と連合軍の勝利は、ファシズムと、それが表象した独裁体制の袋小路に対する勝利である」(一九四四年九月二十三日)。

マッカーシー[5]時代、スペイン人民戦争に参加したアメリカ人たちは、「早熟な反ファシスト」とよばれていました。このよび方には、四〇年代にはヒトラーと闘うことが、アメリカの善良なる市民にとって道徳的義務であったけれど、三〇年代にフランコ[6]と闘うのは早計にすぎたのではないか、という疑念が込められています。アメリカのラディカルな人びとが、「ファシストの豚(Fascist pig)」という表現を、喫煙者を容認しない警官を指すときにまで用いるのはなぜでしょうか？　どうしてたとえば、「カグラール団[7]の豚」とか、「ファランへ主義者の豚」「ウスターシ[8]の豚」「クイスリング[9]の豚」「パヴェリックの豚」「ナチスの豚」とよばないのでしょうか？

『我が闘争』は完璧な政治綱領宣言です。ナチズムは、人種差別とアーリア主義の理論を備え、「頽廃芸術(Entartete Kunst)」を正確に規定し、潜在的意志と超人(Übermensch)の哲学を有していました。ナチズムは明確に反キリスト教思想であり、あらたな異教思想でしたが、それは、スターリンの(ソヴィエト・マルクス主義の公式見解である)「弁証法的唯物論(Diamat)」が明らかに唯物論的無神論であったのと同じことです。仮に全体主義が、あらゆる個人の行動を国家とそのイデオロギーに従属させる体制を意味するものなら、ナチズムとスターリニズムは全体主義体制だったということになります。

ファシズムはたしかに独裁体制でしたが、その穏健さからいっても、またイデオロギーの思想的脆弱さからいっても、完全に全体主義的ではありませんでした。一般に考えられているのとは反対に、イタリア・ファシズムは固有の哲学をもっていませんでした。『トレッカーニ百科事典』(10)にムッソリーニが寄せた「ファシズム」の項目は、ジョヴァンニ・ジェンティーレ(11)によって執筆された、もしくはかれから基本的に着想を得たものですが、そこに反映された「絶対的倫理国家」という後期ヘーゲル的概念は、ムッソリーニがついに完璧に実現することのなかったものです。ムッソリーニにはいかなる哲学もありませんでした。あったのは修辞だけです。当初は行動的無神論者だったかれは、後に教会と政教協約《コンコルダート》をむすび、ファシスト隊旗に祝福をあたえる司教たちに好感を抱くようになります。まことしやかな伝説によれば、反教権主義を唱えていた初期の時代には、神の存在を確かめようと、我をこの場で雷撃したまえ、と神にもとめたこともあったそうです。当然、神様のほうは歯牙にも掛けませんでした。それからというもの、ムッソリーニは演説のなかで、きまって神の名を引き合いに出しては、臆面もなく、自分を「神の摂理が遣わした男」とよぶようになります。イタリア・ファシズムが、ヨーロッパの一国家を支配した最初の右翼独裁政権であり、次いで現れた類似の運動はすべて、ムッソリーニ体制のなかに一種の共通する原型を見出すことになったと言っても構いません。イタリア・ファシズムこそ、はじめて軍事宗教やフォークロアを創りだしたのです。それはファッションにまでおよび、国外で、アルマーニやベネトン、ヴェルサーチをはるかに凌ぐ成功を収めたのです。ようやく三〇年代に入ってから、ファシズム運動は、まずモーズリー(12)率いるイギリスに登場し、ついでラトビア、エストニア、リトアニア、ポーランド、ハンガリー、ルーマニア、ブルガリア、ギリシャ、ユーゴスラビア、スペイン、ポルトガル、ノルウェー、さらには南米へと波及していきます。ドイツについては言うまでもありません。その新体制こそ、共産主義の脅威に対する代案となる穏健な革命を提供しうる興味深い社会変革を成し遂げつつあるのだと、ヨーロッパ自由主義諸国のリーダーたちを納得させたのは、イタリア・ファシズムなのです。

しかしながら、こうした歴史的順序を確認したところで、なぜ「ファシズム」という言葉が、さまざまな全体主義運動について、一部が全体をあらわしてしまう(pars pro toto)名称として、提喩《メトニミー》の機能を果たしてしまうのか、その理由を充分に説明できるとは思えません。ファシズムはそれ自体、後続の全体主義がもつすべての要素を、いわば「精髄として」含んでいた、と言ったところで仕方ありません。反対に、ファシズムには、いかなる精髄もなく、単独の本質さえありません。ファシズムは〈ファジー〉な全体主義だったのです。ファシズムは一枚岩のイデオロギーではなく、むしろ多様な政治・哲学思想のコラージュであり、矛盾の集合体でした。君主制と革命、国王の軍隊とムッソリーニの私兵、教会にあたえられた特権と、暴力を奨励する国家教育、絶対的統制と自由市場――これらが共存可能な全体主義運動なるものを想定することはできるでしょうか？　ファシスト党は、革命の新秩序を標榜して誕生したわけですが、その資金源となったのは、反革命を期待するもっとも保守的な地主たちでした。初期のファシズムは共和主義を唱え、その後二十年間にわたって、王家に忠誠を誓うことで生き延びたのです。「統帥」は、「王」に「皇帝」の称号まであたえることで、どうにか手を携えながらやってきたのです。けれど一九四三年、王がムッソリーニを解任すると、その二ヶ月後、ドイツ軍の援助によって再建されたファシスト党は、「社会」共和国の旗の下、かつての革命のメロディを、ジャコバン派さながらに強調して奏でてみせました。

ナチス建築はひとつ、ナチス芸術もひとつです。ナチス建築家といえばアルベルト・シュペーア(13)であり、ミース・ファン・デル・ローエ(14)の居場所などありません。同じように、スターリンのもとでは、ラマルクが正しいのなら、ダーウィンの居場所はないのです。反対に、ファシズムの建築家はたしかに何人もいて、かれらの建てた似《え》非《せ》コロッセオの横には、グロピウス(15)の近代合理主義の息吹を受けたあたらしい建築物も並んでいるのです。

ファシストにジダノフ(16)はいませんでした。当時イタリアには、主要な芸術賞がふたつありました。クレモーナ賞を仕切っていたのは、ファリナッチ(17)という無教養な狂信的ファシストで、プロパガンダ芸術を奨励していました(「統帥の演説をラジオで聞きながら」とか、「ファシズムが創生した精神国家」といったタイトルがわたしの記憶に残っています)。もうひとつのベルガモ賞に資金を提供していたのは、ボッタイ(18)という教養人で相当寛大なファシストでした。芸術のための芸術を庇護し、ドイツなら「頽廃的で隠れ共産主義的」とレッテルを貼られそうな、ニーベルンゲン的〈キッチュ〉の対極にある前衛芸術がもたらすあたらしい経験だけを受け入れたのです。

国民的詩人といえば、ダヌンツィオ(19)でした。ドイツやロシアなら、死刑囚銃撃隊の前に送られたにちがいない〈ダンディ〉です。そんな人物が、民族主義と英雄崇拝思想のおかげで(明らかにフランス頽廃思想から強い影響を蒙っていたにもかかわらず)、詩聖の座にまで昇りつめたのです。

未来主義運動の例を考えてみましょう。未来主義は、表現主義やキュビスム、シュルレアリスムと同様、〈頽廃芸術〉のひとつとみなされて然るべきものでした。ところが初期の未来主義者たちはナショナリストで、美学的理由からイタリアの第一次世界大戦参戦を支持し、速度を称揚し、暴力と危険を礼賛したわけですから、見方によっては、こうした要素がファシストの青春崇拝につながるともいえるでしょう。ファシズムが古代ローマ帝国との一体化をはかり、農耕文化の伝統を再発見したとき、マリネッティ[20]（サモトラケのニケより美しいと自動車をたたえ、〈月光を殺せ〉と願った人物です）は、月の光に最大限の敬意をはらうイタリア翰林院《アカデミー》会員に推挙されたのです。

後年、パルチザンや共産党の知識人となる人びとの多くは、「ファシスト大学生団（ＧＵＦ）」とよばれた、新しいファシスト文化の母体となるべく全国に組織された連合集団の薫陶を受けています。その集団傘下のクラブが、現実にはまったくイデオロギー的統制を蒙ることなく、あたらしい思想がさまざまに交流する場として、いわば〈知の大釜〉となったのです。こうした事態が生じたのは、なにもファシスト党の幹部たちが寛容だったからではなく、統制に必要な知的手段のもちあわせが皆無に近かったからにほかなりません。

ファシズム期の二十年間を通じて、エルメティズモ(21)の詩は、きらびやかな体制の修辞に対する反動を表現するものでした。エルメティズモの詩人たちには、象牙の塔の内にこもって文学的抗議に磨きをかけることが許されてきたのです。そうした詩人たちの感性は、ファシズムの楽天主義や英雄崇拝のまさしく対極に位置するものでした。社会的に表面化することはないにせよ、こうした明白な異論の表明を体制が許容したのは、かれらの詩の晦渋な言葉に充分な注意をはらわなかったからです。

だからといって、イタリア・ファシズムが寛容だったというわけではありません。グラムシ(22)は死ぬまで獄中に留め置かれたのですし、マッテオッティ(23)とロッセッリ兄弟(24)は暗殺され、新聞の自由は弾圧され、労働組合は解散に追い込まれ、政治的不満分子は辺鄙な島に流刑され、立法機関は形骸化し、行政機関が(司法もマスメディアも掌握したうえで)直接あたらしい法律を次つぎ公布するようになったのですから。新法のなかには(イタリア政府のホロコーストに対する公式支持を表明した)「人種法」もふくまれていました。

ここまでお話ししてきた首尾一貫しないイメージは、ファシズムの寛容性に起因するものではありません。その政治的・イデオロギー的なまとまりのなさが生んだ実例なのです。けれどそれは「秩序立ったまとまりのなさ」とでもいうべき、構造化された混乱でした。哲学的にみれば、ファシズムは、いたるところで蝶番が外れていましたが、情動的側面からみれば、いくつかの原型に揺るぎなく結びついていたのです。

さてどうやらわたしの議論も第二の問題点に到達したようです。ナチズムはたったひとつしか存在しませんでしたから、フランコの超カトリック的ファランヘ主義をナチズムとよぶわけにはいきません。ナチズムは、その原理からいえば、異教的であり、多神論かつ反キリスト教なのですから、さもなければナチズムとは言えないのです。逆にファシズムについては、いろいろな遊び方が可能ですが、〈ファシズム〉という遊びの名前はいつも変わりません。「ファシズム」の根本原理に、ウィトゲンシュタインに倣って、「遊戯」の根本原理に生じる事象を重ねてみましょう。遊戯は、競争の有無、競技者の数、特殊技能の要不要、賭け金の有無によって左右されるものです。どんな遊戯も、何らかの「同族の類似性」のみを示す一連の多様な行動なのです。

1 …… a b c
2 …… b c d
3 …… c d e
4 …… d e f

一連の政治集団が存在すると仮定しましょう。集団1は要素a b cを特徴とし、集団2は要素b c d、以下同様に三つの要素を特徴に持つとします。2は二要素が共通する点で1と似ています。3は2に、4は3に、同じ理由で似ています。さて3が(要素cを共有するため)1にも似ていることに注目してください。もっとも興味深い例は4によって提示されています。4が3と2に似ていることは明らかですが、1とは共通する特徴がまったくありません。ところが1から4にいたるまで連続して類似性が減少していくために、一種の段階的移行が起きているような錯覚が生じ、1と4が同族であるかのように思えてくるのです。

「ファシズム」という用語は、ファシズム体制からひとつもしくは複数の要素を除外しても、その体制をファシスト的であると認める支障は生じないために、あらゆる場合に適用可能なのです。ファシズムから帝国主義を除けば、フランコかサラザール[25]になるでしょうし、植民地主義を除けばバルカン諸国のファシズムになるでしょう。イタリア・ファシズムに(一度たりともムッソリーニが魅力を感じたことのない)急進的反資本主義を加えれば、エズラ・パウンドになるでしょう。ケルト神話崇拝とグラールの神秘主義(公式のファシズムとは無縁のものです)を加えれば、もっとも尊敬されるファシストの指導者《グールー》のひとり、ユリウス・エヴォラ[26]になるでしょう。

こうした混同が生じるとしても、ファシズムの典型的特徴を列挙することは可能だと、わたしは考えています。そして、そうした特徴をそなえたものを、「原ファシズム(Ur-Fascismo)」もしくは「永遠のファシズム(fascismo eterno)」とよぼうと思います。その特徴はひとつのシステムのなかに整然と組織されるものではありません。その多くが互いに矛盾し、独裁体制や狂信主義の別のかたちにおける典型的な特徴なのです。けれどファシズムという星雲を凝結させるためには、そうしたなかでどれかひとつ、特徴の存在が確認できれば充分です。

1 原ファシズムの第一の特徴は、〈伝統崇拝〉です。伝統主義はファシズムより古い起源をもっています。フランス革命後の反革命カトリック思想に典型的なだけでなく、古典ギリシャの合理主義に対する反動として、後期ヘレニズム文明において生まれたものなのです。

地中海沿岸地域において、さまざまな宗教〈そのすべてが古代ローマのパンテオンによって寛大に受け入れられたのですが〉を信じる人びとが、人類の歴史の黎明期に受けたある啓示を夢見はじめたのです。その啓示は長らく、遠いむかしに忘れられた言葉たちのヴェールの下に隠されたままでした。時にエジプトの象形文字に託され、あるいはケルトのルーン文字に、いまだ知られざるアジアの宗教の聖典の数々に、委ねられてきたのです。

このあたらしい文化は〈混合主義〉的にならざるをえませんでした。ここで言う〈混合主義〉とは、辞書が指すような、さまざまに異なる信仰や宗教儀礼の形態の合体を意味するだけではありません。そうした合体は「さまざまな矛盾を許容しなければならない」のです。元々のメッセージはどれもすべて知恵の萌芽をはらんでいるものですから、それぞれに異なる矛盾した事柄を言っていると思えるとしても、どれもが当初の真実をなにがしか、寓意的に暗示しているにすぎません。

結論からいえば、「知の発展はありえない」のです。真実はすでに紛れようもないかたちで告げられているのですから、わたしたちにできることは、その謎めいたメッセージを解釈しつづけることだけなのです。ファシズム運動の一つひとつの目録を点検し、そこから主要な伝統主義思想家たちを洗い出せばすむことです。ナチスのグノーシス主義は、伝統主義と混合主義とオカルティズムの諸要素によって育まれたものです。イタリア新右翼のもっとも重要な理論的起源であるユリウス・エヴォラは、グラールの聖杯伝説とシオンの賢者の議定書を、錬金術と神聖ローマ帝国を混ぜ合わせました。イタリア右翼の一部が最近、目録を拡充し、ド＝メーストル(27)にゲノン、そしてグラムシを加えることで、度量の大きさをしめそうとしたという事実自体、混合主義の明白な証明です。

ちょっと興味をもって書架をながめてみれば、アメリカの書店では「ニュー・エイジ(New Age)」と書かれたコーナーに、聖アウグスティヌスまでが並んでいることに気づくでしょう。この聖アウグスティヌスなる人物は、わたしの知るかぎり、ファシストではありませんでした。しかし、聖アウグスティヌスとストーンヘンジ(28)がいっしょに並んでいること自体、これこそが原ファシズムの兆候なのです。

2　伝統主義は〈モダニズムの拒絶〉を意味の内にふくんでいます。ファシストもナチスもテクノロジーを賛美しましたが、伝統主義思想家は、テクノロジーを伝統的精神価値の否定であるとして拒否するのがふつうです。いずれにせよ、ナチズムが産業振興を誇っていたとしても、その近代性賛美は、〈「血」と「土」Blut und Boden〉に根ざしたイデオロギーの表面的要素でしかありませんでした。近代世界の拒絶が、資本主義的生活形態の断罪というかたちで擬装されていたわけですが、その主眼は一七八九年(もしくは明らかに一七七六年)精神の拒絶にあったのです。啓蒙主義や理性の時代は、近代の堕落のはじまりとみなされるのです。この意味において、原ファシズムは「非合理主義」であると規定することができます。

3　非合理主義は〈行動のための行動〉を崇拝するか否かによっても決まります。行動はそれ自体すばらしいものであり、それゆえ事前にいかなる反省もなしに実行されなければならないというわけです。思考は去勢の一形態とされるのです。したがって〈文化〉は、批判的態度と同一視される〈いかがわしい〉ものとされます。ゲッベルスの(29)言葉としてつたえられる「〈文化〉と聞いたとたん、わたしは拳銃を抜く」という発言から、「インテリの豚野郎」「ラディカル・スノッブ」「大学はコミュニストの巣窟だ」といった頻繁に使われる言い回しにいたるまで、知的世界に対する猜疑心は、いつも原ファシズム特有の兆候です。ファシスト幹部知識人たちは、伝統的諸価値を廃棄した自由主義インテリゲンツィアと近代文化を告発することに、ことさら精力を傾けてきました。

4　いかなる形態であれ、混合主義というものは、批判を受け入れることができません。批判精神は区別を生じさせるものです。そして区別するということは近代性のしるしなのです。近代の文化において、科学的共同体は、知識の発展の手段として、対立する意見に耳を貸すものです。原ファシズムにとって、意見の対立は裏切り行為です。

5　意見の対立はさらに、異質性のしるしでもあります。原ファシズムは、ひとが生まれつきもつ〈差異の恐怖〉を巧みに利用し増幅することによって、合意をもとめ拡充するのです。ファシズム運動もしくはその前段階的運動が最初に掲げるスローガンは、「余所者排斥」です。ですから原ファシズムは、明確に人種差別主義なのです。

6　原ファシズムは、個人もしくは社会の欲求不満から発生します。このことから、歴史的ファシズムの典型的特徴のひとつが、なんらかの経済危機や政治的屈辱に不快を覚え、下層社会集団の圧力に脅かされた結果、〈欲求不満に陥った中間階級へのよびかけ〉であったことの理由が説明できます。かつての「プロレタリアート」が小市民《プチブル》になりつつある(しかも「ルンペンプロレタリアート」がみずから政治の舞台から身を退いた)現代にあって、ファシズムが聴衆としてたのむのは、このあたらしい多数派なのです。

7　いかなる社会的アイデンティティももたない人びとに対し、原ファシズムは、諸君にとって唯一の特権は、全員にとって最大の共通項、つまりわれわれが同じ国に生まれたという事実だ、と語りかけます。これが「ナショナリズム」の起源です。さらに、国家にアイデンティティを提供しうる比類なき者たちは、敵と目されることになります。こうして原ファシズムは、その心性の根源に〈陰謀の妄想〉(それも国際的な陰謀であることが望ましいわけですけれど)を抱え込んでいるのです。この妄想に、信奉者たちが取り憑かれないわけがありません。この陰謀を明るみに出すいちばん手っ取り早い方法は、〈外国人ぎらい〉の感情に訴えることです。ですが陰謀は内部からもめぐらされているはずです。そこで、内部にも外部にも同時に存在することの利点をもっているからという理由で、しばしばユダヤ人が最高の標的とされるのです。こうした陰謀の妄想を表明した最新の例として、アメリカでは、パット・ロバートソンの『新世界秩序』を挙げることができます。

8　信奉者は、敵のこれ見よがしの豊かさや力に屈辱を覚えるにちがいありません。わたしが子どものころ、イギリス人は「日に五食の大食漢」だと教え込まれたものです。節制している貧しいイタリア人より食事の回数が多いというわけです。ユダヤ人は裕福で、密かに張りめぐらせた相互援助網のおかげで、たがいに助け合っているとされます。それでも信奉者は、敵を打ち負かすことができるのだと思い込まなければなりません。こうして絶えずレトリックの調子を変えることで、「敵は強すぎたりも弱すぎたりもする」わけです。さまざまなファシズムがきまって戦争に敗北する運命にあるのは、敵の力を客観的に把握する能力が体質的に欠如しているからなのです。

9　原ファシズムにとって、生のための闘争は存在しないのです。あるのは「闘争のための生」です。すると「平和主義は敵とのなれ合いである」ということになります。「生が永久戦争である」のですから、平和主義は悪とされるわけです。こうした考え方がハルマゲドンの機構を生むのです。敵は根絶やしにすべきものであり、またそれが可能であるとすれば、最終戦争は避けられません。それを経てはじめて、運動は世界覇権を手に入れることになるのです。こうした〈最終解決〉のあとには、平和な時代が到来することが前提とされます。ですが、その黄金時代は、永久戦争の原理とは矛盾するものです。ファシズムの指導者は誰ひとりとして、この矛盾を解決できませんでした。

10　エリート主義は、あらゆる反動的イデオロギーが本質的に貴族主義的である以上、その典型的な要素のひとつです。歴史上、あらゆる貴族的かつ軍事的エリート主義は〈弱者蔑視〉を伴うものでした。原ファシズムは「大衆エリート主義」を標榜しないわけにはいきません。市民はすべて世界最高の人民に属し、党員は最良の市民であるわけですから、あらゆる市民は党員であるはず(べき)だということになります。しかし平民階級不在の貴族などありえません。指導者は、自分の権力が委託されたものではなく、力によって獲得されたものであることを充分わきまえていますから、その力が大衆の弱さに立脚していることも、かれらが「統治者」を立てる必要に迫られるほど弱いことも、知っているのです。集団は(軍隊式の)階級制度に従って組織されるわけですから、下位の指導者はすべからく自分の部下たちを蔑み、その部下たちはさらに下級の人びとを蔑むことになります。こうしたことがすべて大衆エリート主義の意味合いを強固にするのです。

11　こうした見通しに立って、〈一人ひとりが英雄になるべく教育される〉ことになります。神話学において、「英雄」はつねに例外的存在ですが、原ファシズムのイデオロギーでは、英雄主義とは規律なのです。その英雄崇拝は「死の崇拝」と緊密にむすびついています。ファランヘ党の合言葉が「死万歳！」であったことは偶然ではありません。ふつうの人びとになら、死ぬのはいやだろうけれど尊厳をもって立ち向かいなさい、と言うものですし、信仰者に対しては、死は神の意志による幸福に到達するための悲痛な方法なのです、と言うものです。ところが原ファシズムの英雄は、死こそ英雄的人生に対する最高の恩賞であると告げられ、死にあこがれるのです。原ファシズムの英雄は死に急ぐものです。そのはやる気持ちが、じつに頻繁に他人を死に追いやる結果になるのだということは、はっきり言っておくべきです。

12　永久戦争にせよ、英雄主義にせよ、それは現実には困難な遊戯ですから、原ファシストは、その潜在的意志を性の問題にすりかえるわけです。これが〈マチズモ〉（女性蔑視や、純潔から同性愛にいたる非画一的な性習慣に対する偏狭な断罪）の起源となります。ですが、性もまた困難な遊戯にちがいありませんから、原ファシズムの英雄は、男根の〈代償〉として、武器と戯れるようになるわけです。戦争ごっこは、永久の〈男根願望〉に起因するものなのです。

13　原ファシズムは「質的ポピュリズム」に根ざしたものです。民主主義の社会では、市民は個人の権利を享受しますが、市民全体としては、（多数意見に従うという）

量的観点からのみ政治的決着能力をもっています。原ファシズムにとって、個人は個人として権利をもちません。質として認識される「民衆」こそが、結束した集合体として「共通の意志」をあらわすのです。人間存在をどのように量としてとらえたところで、それが共通意志をもつことなどありえませんから、指導者はかれらの通訳をよそおうだけです。委託権を失った市民は行動に出ることもなく、〈全体をあらわす一部〉として駆り出され、民衆の役割を演じるだけです。こうして民衆は演劇的機能にすぎないものとなるわけです。いまでは質的ポピュリズムの格好の例を、わざわざヴェネツィア広場やニュルンベルク競技場にもとめる必要はありません。わたしたちの未来には、〈テレビやインターネットによる質的ポピュリズム〉への道が開けているのですから。選ばれた市民集団の感情的反応が「民衆の声」として表明され受け入れられるという事態が起こりうるのです。質的ポピュリズムを理由に、原ファシズムは〈「腐りきった」議会政治に反旗をひるがえすにちがいありません〉。ごく初期にムッソリーニがイタリア議会で行った演説に、こんなくだりがあります。「このものも聞こえぬくすんだ議場を、わが中隊の野営の地に変えてみせてもよかったのだ」。事実、かれはすぐさま中隊にとって最高の宿舎をみつけたのですが、それから間もなくして議会を解散させてしまいました。議会がもはや「民衆の声」を代弁していないことを理由に、政治家がその合法性に疑問を投げかけるときは、かならずそこに原ファシズムのにおいがするものです。

14〈原ファシズムは「新言語《ニュースピーク》」を話します〉。「新言語」ということばは、『一九八四年』のなかでオーウェルが創作した、イングソック(Ingsoc イギリス社会主義)の公用語ですが、原ファシズムの諸要素は、さまざまな独裁体制の形態に共通するものです。ナチスやファシズムの学校用教科書は例外なく、貧弱な語彙と平易な構文を基本に据えることで、総合的で批判的な思考の道具を制限しようと目論んだものでした。しかしわたしたちは、それとは異なるかたちをとっているときにも、それが新言語であることにすぐさま気づかなければなりません。たとえば大衆的トークショーといった罪のないかたちをとっていることだってあるのですから。

以上、考えられる原ファシズムの原型を列挙してきましたが、ここでまとめに移らせていただきます。

一九四三年七月二十七日の朝のことです。ラジオが伝える情報によれば、ファシズム体制は崩壊し、ムッソリーニは逮捕されたらしい、と教えられました。母親に新聞を買いにやらされました。いちばん近所の売店にいってみると、新聞はならんでいましたが、紙名がちがうのです。しかも、見出しに目をやると、どの新聞もそれぞれにちがうことを言っているのです。適当に一紙を買って、一面に印刷されたメッセージを読んでみると、キリスト教民主党、共産党、社会党、行動党、自由党といった具合に、五つか六つの政党の署名がありました。そのときまでわたしは、どの国にも政党はひとつしかないものだと信じていました。イタリアには全国ファシスト党があるだけだと思い込んでいたのです。こうしてわたしは、自分の国にも同時に複数の政党が併存できるのだということを発見したわけです。それだけではありません。わたしは目先の利く少年でしたから、これだけたくさんの政党が日付が変わっただけで次から次へと生まれてくることなどありえないということも、すぐに気づいたのです。こうしてわたしは、これらの政党が以前から地下組織として存在していたことを理解したわけです。

さて件のメッセージは、独裁体制の終焉と自由の復活を祝うものでした。自由というのは、言論、出版、政治結社の自由を指していました。その「自由」とか「独裁体制」という言葉を――あろうことか――わたしは、生まれて初めて、この眼で読んだのです。ふたつの新しい言葉のおかげで、わたしは自由な西洋に生まれ変わったのです。

わたしたちはまだ、このふたつの言葉の意味を忘れないように気をつけていなければなりません。原ファシズムは、いまでもわたしたちのまわりに、時にはなにげない装いでいるのです。いまの世の中、だれかがひょっこり顔を出して、「アウシュヴィッツを再開したい、イタリアの広場という広場を、黒シャツ隊が整然と行進するすがたをまた見たい！」とでも言ってくれるのなら、まだ救いはあるかもしれません。ところが人生はそう簡単にはいかないものです。これ以上ないくらい無邪気な装いで、原ファシズムがよみがえる可能性は、いまでもあるのです。わたしたちの義務は、その正体を暴き、毎日世界のいたるところで新たなかたちをとって現れてくる原ファシズムを、一つひとつ指弾することです。ここで再度ルーズベルトの言葉を引いてみることにします。「あえて言う。アメリカ民主主義が活力ある進展をつづけ、日夜、平和的手段をもとめ、わが国民の環境を改善する歩みを停止するようなことがあれば、ファシズム勢力がわが国にはびこることになるだろう」(一九三八年十一月四日)。自由と解放とは、けっして終わることのない課題なのです。「忘れてはいけない」——これをわたしたちの合言葉にしましょう。

最後にフランコ・フォルティーニの詩を一篇紹介させてください。

橋の欄干には
絞首刑の首　くび
泉の水には
絞首刑のよだれ
市場の石畳には

銃殺された爪　つめ
草原の乾いた草には
銃殺された歯

大気を嚙み砕くことは石を嚙み砕くこと
僕らの体はもう人間のものではない
大気を嚙み砕くことは石を嚙み砕くこと
僕らの心はもう人間のものではない

だが僕らは死者たちの眼のなかにいる
そして大地に自由をつくってゆく
だが死者たちの拳は握りしめている
生まれるはずの正義(30)を

（1）ピエモンテ州南部にあるエーコの故郷アレッサンドリア。

（2）カール・アドルフ・アイヒマン Karl Adolf Eichmann（一九〇六—六二）。三二年ナチス親衛隊入隊以来、反ユダヤ人活動を組織指導し、戦犯としていったんは逮捕されるが逃亡。戦後、アルゼンチンでシモン・ヴィーゼンタールにより発見され、イスラエルで処刑される。

（3）共和国憲法に、ファシスト政党の再建禁止規定（補則十二条）があるにもかかわらず、一九四八年の第一回総選挙以来、ネオファシスト政党「イタリア社会運動」は公然たる議会政党として一定の議席を占めてきた。そして九四年三月の総選挙に臨んで「イタリア社会運動」が結成した組織「国民同盟」は、右派連合「自由の極」の一角として、選挙後、ベルルスコーニ率いる連合政権に参加し、ヨーロッパ諸国に衝撃をあたえた。右派連合政権崩壊後の九五年一月、「イタリア社会運動」は解党、「国民同盟」に転化した。

（4）ウジェーヌ・イヨネスコ Eugene Ionesco（一九一二—九四）。五〇年代から六〇年代にかけ不条理劇を代表したルーマニア生まれの劇作家。

（5）ジョゼフ・R・マッカーシー Joseph R. McCarthy（一九〇九—五七）。共和党上院議員として、五〇年代前半に展開した共産主義者に対する狂信的な魔女狩りは、「マッカーシズム」として知られる。

（6）フランシスコ・フランコ Francisco (Bahemonde) Franco（一八九二—一九七五）。三六年、国民戦線を率い人民戦線政府に勝利を収めて以来、生涯、独裁体制を維持した。

(7) 一九三二年から四〇年にかけて、第三共和政転覆活動を展開したフランスの極右秘密結社の団員を指す。カグール団員ともいう。

(8) ナチスの庇護のもと、第二次大戦中クロアチアを支配した極右民族派組織。

(9) ヴィドクン・クイスリング Vidkun Quisling(一八八七―一九四五)はノルウェーのファシスト政治家。一九四〇年のドイツによるノルウェー侵攻後、一貫してナチス支持を表明し、四二年から四五年まで対独協力政権の首相を務める。転じて「裏切り者」「売国奴」の意。

(10) 一九二九年から三七年にかけ刊行されたイタリア初の大百科事典(全三十六巻)の俗称。百科事典協会創設者ジョヴァンニ・トレッカーニ・デッリ・アルフィエーリの名に由来する。ちなみに総監修者は哲学者ジョヴァンニ・ジェンティーレ。

(11) ジョヴァンニ・ジェンティーレ Giovanni Gentile(一八七五―一九四四)。このイタリア観念論を代表する哲学者は、ムッソリーニ政権下で教育相を務め、ファシズム教育の理念的・制度的基盤を築いた。四四年、共産党員によりフィレンツェで暗殺。

(12) サー・オズワルド(・アーナルド)・モーズリー Sir Oswald (Ernald) Mosley(一八九六―一九八〇)。イギリス・ファシスト連盟の指導者として、反ユダヤ暴動を組織した、ヒトラー支持者としても知られる政治家。

(13)　アルベルト・シュペーア Albert Speer(一九〇五―八一)
(14)　ルードヴィヒ・ミース・ファン・デル・ローエ Ludwig Mies van der Rohe(一八八六―一九六九)
(15)　ヴァルター・グロピウス Walter Gropius(一八八三―一九七〇)はバウハウス運動の創始者として知られる。
(16)　アンドレイ・ジダノフ Andrej Aleksandrovich Zhdanov(一八九六―一九四八)
(17)　ロベルト・ファリナッチ Roberto Farinacci(一八九二―一九四五)は政権奪取時の党書記長を務めた強硬派。パルチザンにより銃殺。
(18)　ジュゼッペ・ボッタイ Giuseppe Bottai(一八九五―一九五九)。結党時よりの幹部として〈協同体運動〉を推進。四三年七月二十四日の国民大評議会では、ムッソリーニ解任決議案に賛成を投じ、アルジェリアに亡命。国民教育相時代、反体制雑誌文化の隆盛に寄与した思想的〈寛大さ〉は戦後再評価される。
(19)　ガブリエーレ・ダヌンツィオ Gabriele D'Annunzio(一八六三―一九三八)
(20)　ファウスト・トンマーゾ・マリネッティ Fausto Tommaso Marinetti(一八七六―一九四四)。未来主義運動の創始者。ファシスト政権下では翰林院に推挙されたが、晩年は不遇をかこった。
(21)　一九三〇年代後半に顕著になった、詩を中心としたイタリアの文芸思潮。「錬金術派」

とも訳される。フランス象徴主義の理論的影響下に、抽象度の高い難解な詩作品と、〈生としての文学〉をスローガンに掲げた詩論を生んだ。エウジェニオ・モンターレ、ジュゼッペ・ウンガレッティなどが、その代表的詩人と目される。ファシズム体制下の閉塞感から逃れ、〈文学共和国〉への精神的亡命をはかったとして、戦後、批判を浴びたこともある。

(22) アントニオ・グラムシ Antonio Gramsci(一八九一―一九三七)。二六年から獄中生活。

(23) ジャコモ・マッテオッティ Giacomo Matteotti(一八八五―一九二四)。統一社会党書記長として反ファシズムを唱え、二四年六月十日誘拐、八月十六日、暗殺死体が発見される。

(24) ロッセッリ兄弟 Carlo (Nello) Rosselli(一八九九(一九〇〇)―一九三七)。兄カルロは政治運動家、弟ネッロは歴史学者として、亡命地パリで「自由と正義」とよばれた反ファシズム運動に奔走。三七年、ファシスト諜報部の意を受けたカグール団によって、ピレネー山中で暗殺される。ちなみに九七年に自殺した詩人アメーリア・ロッセッリは、カルロの長女である(拙訳『闘いの変奏曲』(書肆山田、一九九三年)の解説を参照されたい)。

(25) アントニオ・デ・オリヴェイラ・サラザール Antonio De Oliveira Salazar(一八六九―一九七〇)。三二年、独裁体制「新国家」を敷き、六八年、体調を崩して引退するまで独裁者として君臨した。

(26) ユリウス・エヴォラ Julius Evola(一八九八―一九七四)。イタリア・ダダを代表する画家・詩人・哲学者。後半生を神秘哲学研究に捧げ、ヨーロッパにおける新右翼運動の理論的支柱となる。代表的著作に『人種理論体系』(一九四二)、『魔術入門』(一九七一)がある。

(27)　ジョゼフ・ド＝メーストル Joseph de Maistre(一七五三―一八二一)。カトリック正統主義者。フリーメーソンの一員として神秘的啓蒙主義批判を展開。代表的著作に『サンクト・ペテルブルグの夜』(一八二一)。全ヨーロッパ統一国家としての教会を理想とした。

(28)　イギリス、ウィルトシャーに残る巨石文明遺跡。

(29)　パウル・ヨーゼフ・ゲッベルス Paul Joseph Goebbels(一八九七―一九四五)。啓蒙宣伝相としてヒトラーを支え、ナチスによる反ユダヤ主義のもっとも過激な提唱者であった。四五年、家族とともに自宅で自殺。

(30)　フランコ・フォルティーニ Franco Fortini(一九一七―九四)。引用は詩集『退去命令 Foglio di via』(一九四六)所収の「最後のパルチザンたちの歌 Canto degli ultimi partigiani」。

新聞について

上院議員の皆さん、

これから皆さんに、かいつまんでご紹介するのは、イタリアの新聞雑誌の状況、特にその政界との関係に関する〈請願要求控帳 cahier de doléances〉(1)めいたものです。それを、陰に隠れてではなく、新聞関係者同席のもとでできるのは、いまからお話しすることが六〇年代以来、常々わたしが書いてきたことであり、しかもその大半がイタリアの日刊紙や週刊誌に発表されたものだからです。このこと自体、わたしたちの暮らしている国において、新聞が自由かつ公平で、みずからを裁く能力をそなえていることを意味します。

第四の権力の役割は、たしかに、他の三つの伝統的権力(ここには経済権力と、政党や労働組合に代表される権力もふくまれます)を監督批判することにありますが、それが可能なのは、批判が抑圧的にはたらかない自由な国での話です。マスメディアは、一国の政治生命を、世論をつくりだすだけで左右することができるからです。ところが伝統的権力には、メディアを統制し批判することはできません。さもなければ、行政、立法、司法を問わず、その介入が制裁となってしまうからです。そうした事態が仮に起こるとすれば、メディアが犯罪を犯したときか、もしくは政治的・社会制度的に不均衡な状況を形成したときにかぎります。だからといってメディア(ここでは新聞雑誌を指します)が批判を免れるわけにいきません。新聞にみずからを審問にかける能力があるということは、民主国家にとって、健全な状況なのです。

それでも往々にして、自己批判だけでは充分とはいきません。そうすることで確固たる口実をつくりだしたり、あるいは、厳しい言い方をするなら、「抑圧的寛容」とマルクーゼがよんだ事態をも招きかねないからです。いったん自己を糾弾して公平さを証明してしまえば、新聞は二度と自己改革に関心を示さなくなるかもしれません。二十年ほど前、リヴィオ・ザネッティ〔編集長〕がわたしに、『エスプレッソ』誌に載せるからと言って、長文の『エスプレッソ』批判を依頼してきたことがあります。ごくごく謙虚に申し上げて、その後『エスプレッソ』が改善を果たしたのは、わたしの記事の功績ではなく、事の自然な成り行きによるものだったと考えています。記憶では、わたしの批判がそのための猶予をあたえる結果になったのだと思っています。

こうしてわたしなりに〈請願要求控帳〉をつくるからといって、政界が新聞による権力乱用の無辜《むこ》の犠牲者であるかのように、新聞の政界との関係を批判するつもりはありません。政界も全面的に連帯責任を負うべきであるという点については、これからお話しするつもりです。

さらに申し上げるなら、わたしは、この国で起きていることだけが間違っているとする、よくある偏狭な考えに与するつもりもありません。外国の新聞からなにか裏付けを取るときに、紙名の前にかならず「権威ある」と形容詞をつけるような、往々にして外国贔屓のわが国の新聞の轍を踏むつもりはないからです。それが嵩じると、『ニューヨーク・ポスト』がネブラスカやオマハでは読むのも憚られる四流紙であるという事実など無視して、「権威ある『ニューヨーク・ポスト』紙」とまで言い出したりするのです。イタリアの新聞が患っている病弊の大半は、今日あらゆる国に共通するものです。しかしこの場で他の国々について否定的にふれることは、厳密に必要な場合にかぎるつもりです。「過ちをふたつ足しても正解は出ない」と言いますから。

そこで他の国々の例を挙げるときは、そこからわたしたちにとって有益な教えを得られると判断した場合だけです。

最後に正確を期しておきたいことがあります。わたしが素材として用いるテクストは、『レプッブリカ』紙、『コッリエーレ・デッラ・セーラ』紙と『エスプレッソ』誌の三つです。これは公平さを保つためです。三紙誌とも、わたしが過去に寄稿していたり、現在も寄稿をつづけている媒体ですから、わたしの批判が、予断に満ちているとか、悪意によるものだ、とかと受け止められる可能性はないでしょう。ですが、わたしがこれから披露するさまざまな問題は、イタリアの新聞全体にかかわるものです。

六〇年代・七〇年代の論争

六〇年代と七〇年代を通じて繰りひろげられた新聞の性質と機能をめぐる論争は、次のふたつのテーマに集約されるものでした。

（1）ニュース記事と論評記事のちがい、つまり客観性の喚起

（2）新聞各紙は政党や経済団体によって経営されているため権力の道具と化し、

本来の役割が市民にニュースを提供することではなく、市民の頭ごしに別の集団にむけて暗号化したメッセージを発信することであるかのごとく、意図的に隠語表現を駆使している。

政治言語はその政治原則に合致したものでした。たとえば「平行集中 convergenze parallele」という表現などは、マスメディアを扱った文学作品のなかに、当時の政治言語のシンボルとして、いまでも残っています。ですがこれとて、国会議場の廊下でなら辛うじて通じますが、ヴォゲーラの主婦(原註)には皆目意味不明の表現なのです。これからご覧いただくように、このふたつのテーマは、いまから見れば、そのほとんどが古めかしいものです。一方でたしかに客観性をめぐって広範な論議が展開したわけですが、わたしたちの多くは、(降水予報を別にすれば)ほんとうに客観的なニュースなど存在しないと考えていました。ニュース記事と論評記事を綿密に腑分けしたところで、ニュースを選択し、それを紙面に割り付けること自体、暗黙の判断要素になるのです。ここ十年間のうちに、いわゆる「主題化」のスタイルが浸透してきました。ひとつの紙面に、なにかしら関連する複数のニュースを掲載するスタイルです。

そこで、主題化の例として、一月二十二日(日曜日)付の『レプッブリカ』紙、十七面を見てみましょう。記事は四つ。「ブレッシャ。出産後、女児死亡させる」「ローマ。わずか四歳にして独り自宅の窓辺で遊ぶ、父親はレジーナ・コエリ監獄に」「ローマ。男児を望まずとも、病院で出産は可能」「トレヴィーゾ。離婚した母、母親をおりる」。ご覧のとおり、児童遺棄の危険が主題化されています。ここで問わなければならない問題は、次のようなものです。これは果たしていまの時代に典型的な時事問題なのか？　同じような事例のニュースはこれで網羅されているのか？　仮にこの四例だけであるとすれば、統計学的には無意味な話になってしまいます。しかし主題化によって、ニュースは、古代の司法や議決に関する修辞学が〔省略三段論法で〕〈引証〉とよんでいたものへと近づくのです。たったひとつの例から、ある規則を導き出す(あるいは詭弁を弄してそう仕向ける)わけです。四例しかなくても、実はもっとたくさんあるのだと考えるように、新聞が仕向けるのです。しかしもっとたくさんあるのなら、新聞が記事にはしなかったはずです。主題化はニュースを四つ伝えているわけではありません。子どもたちの現状について明確な意見を表明しているのです。もしかしたら夜中に、編集長が、十七面をどう埋めたらよいかわからなくなって、それで紙面の構成が決まっただけのことかもしれないとしてもです。だからといって、主題化は間違っているとか、危険だとか、言っているわけではありません。それぞれがすべて客観的なニュースを提供することによって、いかにさまざまな意見を表すことができるかを示しているだけなのです。

隠語的表現の問題についてですが、この国の新聞は、もう使ってはいません。政治家の言語も変化したからです。凝りに凝った韜晦《とうかい》な慣用句をマイクロホンの前で読み上げることはなくなったのです。それどころか〈あけすけな言葉 apertis verbis〉で、自分たちの登山仲間は裏切り者だとだれかが言っている傍で、別の人物が大声で生殖器の勃起性能を自慢している、といった具合です。新聞のほうはといえば、今日では「人びと la gente」とよばれる混淆集団に理解してもらえるような言語へと方向転換を図ろうとしてはいますが、内心では、人びとが話すのは常套句だけだと考えているのです。さてそこで(わたしの学生たちが少しずつ集めた、イタリアの新聞雑誌に一ヶ月間にあらわれた常套句のデータを使いながら)、一九九五年一月十一日付『コッリエーレ・デッラ・セーラ』紙のひとつの記事のなかだけで、これだけ常套句が挙げられるという実例を見ていただきましょう――「一縷の望み」「八方ふさがり」「ディーニ[2]、悲痛な面持ち」「大統領官邸臨戦態勢」「後の祭り」「パンネッラ[3]、徹底攻撃」「一刻の猶予もなし」「政府、打開の道を迫られる」「我が方に敗戦の様相」「情勢いよいよ逼迫」。一九九四年十二月二十八日付『レプッブリカ』紙には、「両者痛み分け必至」「二兎を追う者、一兎をも得ず」「最悪の会議は踊る」「フィニンヴェスト[4]、再度戦場へ」「一巻の終わり」「もはやお手上げ」「撲滅困難な雑草」「風向き変わる」「おいしいところはテレビに、残るはカスばかり」「本来の姿にもどろう」「聴取率急落」「話の筋道を見失う」「よくよく目を見開いて」「市場に注意を」「さんざんな目に遭う」「脇腹に刺さった小骨」「敵に塩を送る」といった具合です。こうなると、もはや新聞ではなくて、〈バルバネーラ（黒髭）〉（の農事暦）みたいです。結局のところ、こうした紋切り型の表現が、「平行集中」という表現に比べて、分かり易いと言えるのだろうか、と考え込まされてしまいます。「平行集中」のほうは少なくとも、〈赤い旅団〉[5]が意味を理解して、実際、結果として行動を起こしたのですから。

「人びと」のためによかれと使われるこれらの常套句は、その五〇パーセントが記者による造語、残りの五〇パーセントが国会議員の発言からの引用なのです。お分かりのように、(ここでもうひとつ常套句を使わせていただくなら)「範囲は絞られて」きました。つまりわたしたちは、どちらが堕落を招いたのか判然としない悪魔のような結託を明るみに出しつつあるのです。

こうして客観性と隠語的表現をめぐる昔ながらの論争が終わると、また新たな問題が起きてきます。その問題とは、どのようなもので、またどのように生まれるのでしょうか?

日刊紙が週刊誌になる

六〇年代には、新聞がテレビとの競争に悩まされることは、まだありませんでした。ただアキッレ・カンパニーレだけは、一九六二年九月、グロッセートで開かれたテレビに関する会議で、すばらしい洞察力を披露しています。[6] ——《かつては新聞がいちばん最初にニュースを伝え、その後から他の出版媒体が介入し、問題を掘り下げたものだ。新聞は、「委細文《ふみ》Segue lettera」で終わる電報みたいなものだった》と発言したのです。

この一九六二年の時点では、すでに電報みたいなニュースが夜八時のテレビニュースで流れていました。新聞は、翌朝になってから、同じニュースを載せていたのです。いわば「委細電信ならぬ、まずは電信」と結ばれる手紙みたいなものでした。

こうした逆説的な状況に気づいた人物が、ユーモアの天才カンパニーレ唯ひとりだったのはなぜでしょうか？　どうして当時テレビは、一ないしは二チャンネルに、どうみても体制側の、つまり信頼できる情報源とは思えない(しかも実際、大半があてにならない)局に限定されていたのでしょうか？　新聞のほうが情報の量も多く確実でした。コメディアンは映画かキャバレーから生まれてきましたが、かならずしもテレビに進出するわけではありませんでした。政治的コミュニケーションは、広場で、顔を突き合わせるか、壁に貼ったポスターを介するかして行われたものです。六〇年代、〈テレビ政治集会〉のスタジオは、無数の政治討論会を分析することによって、大同小異を確認する場でした。政党がそれぞれ自分の主張を、平均的なテレビ視聴者に合わせようとするあまり、共産党の代表がキリスト教民主党の代表とそっくりのことを言いだしたりして、最後には互いの相違点を消すことで、それぞれに、自分の党こそがもっとも中立で信頼できるのだという印象をあたえようとしていたからです。その結果、論争や政治闘争は別の場で、それもほとんどが新聞紙上で、行われていました。

その後、テレビは量的(チャンネル数の急激な増大)にも質的にも飛躍を遂げます。国営テレビ内部に、政治的方向性の異なる三つのチャンネルが生まれるまでになったのです。諷刺や活発な討論やスクープを産み出す役割は、テレビの手に移りました。あげくはセックスの垣根まで取っ払って、夜十一時の番組のなかには、『エスプレッソ』誌や『パノラマ』誌の、臀部の境界線で自制する〈修道士ばりの禁欲的〉な表紙と比べても、はるかに大胆なものも現れるようになったのです。まだ七〇年代の初めには、わたしも、気の利いたさりげない会話のやりとりで、視聴者を深夜までテレビに釘づけにしているアメリカのトークショーを紹介して、イタリアのテレビにも、同じような番組をつくるべきだと熱心に提案したものです。その後、イタリアのテレビはトークショー全盛の時代をむかえることになったわけですが、それは徐々に、激しい衝突の、それも時には肉体的衝突の場と化し、歯に衣着せない応酬の場となっていきました(実のところ、ほかの国々のトークショーにおいても、一部には同じような展開がみられました)。

こうしてテレビがニュース伝達の第一情報源になると、新聞に残された道はふたつだけでした。考えられる第一の道(ここでは「ゆるやかな注目」とよぶにとどめておきます)については、後ほどふれることにします。さてわたしは、新聞が概ね第二の道を歩んだと断言して差し支えないと考えています。つまり「週刊誌化」したのです。日刊紙がひたすら週刊誌に似て、膨大な紙面を、風俗談義や政界ゴシップ、芸能界観察のために割くようになったのです。それが今度は、高級週刊誌(わかりやすく言えば、『パノラマ』誌から『エポカ』誌、『エウロペオ』誌から『エスプレッソ』誌まで)を危機に陥れることになります。週刊誌に残された道はふたつ。ひとつは「月刊誌化」する(といっても、ヨットから時計、料理、コンピュータにいたるまで、それぞれ忠実で確実な市場をもった月刊専門誌がすでに存在するわけですが)こと。さもなければ、以前から、そしていまも、大衆週刊誌の専売特許であるゴシップの分野に進出を迫られるか、つまり『ジェンテ』誌や『オッジ』誌のように、皇族の結婚に血道を上げるか、あるいはさらに低級の読者層をめざして、『ノヴェッラ2000』誌や『ストップ』誌、『エヴァ・エクスプレス』誌ばりに、華麗な浮気を追いつづけたり、トイレの中まで裸の胸を追いかけまわすか、そのどちらかです。

しかし高級週刊誌が対象とする読者層を中間や低級まで下げるといっても、それができるのは、せいぜい巻末のページくらいというわけで、現在のようになっているわけです——実際、乳房や恋愛話や結婚式に興味がおありなら、最後のほうのページを見ればよいのです。いずれにしても、こんなふうに変えれば、本来の読者層の輪郭が見えなくなってしまいます。高級週刊誌が読者層を下げて大衆誌や低俗誌に近づけば近づくほど、従来とはちがう読者が増えてきて、だれを対象にしたらよいのか判らなくなり、危機に陥るという事態が生じます。部数を拡大して個性を失うわけです。さてもう一方で、週刊誌は、日刊紙の週刊別冊付録から致命的な打撃を受けることになります。解決策はひとつしかないでしょう。高級読者層を対象にしたアメリカの出版物のような方法を採ることです。たとえば『ニューヨーカー』誌のように、演劇リストと高度な漫画と短い詩のアンソロジーを同時に提供する一方で、出版界の女王ヘレン・ウルフの生涯を描いたタイプ用紙で五十枚もある長文記事を載せるのです。あるいは『タイム』誌や『ニューズウィーク』誌の方法を採ってもいいかもしれません。週刊誌は新聞やテレビが先に話題にした出来事を取り上げるものだということを受け入れたうえで、その出来事について、要点を説明したり、角度を変えて掘り下げたレポートを提供するのです。記事の一つひとつが数ヶ月におよぶ準備と作業を要するもので、苦痛さえ伴う綿密な裏付けが行われますから、この二誌が誤報による謝罪文を掲載することはほとんど起こりません。『ニューヨーカー』誌の記事も、何ヶ月も前から審査にかけられ、その結果不適当と判断された場合には、著者に(充分すぎるくらい)原稿料を支払ったうえで、原稿は破棄されるのです。この種の週刊誌は大変コストがかかりますから、英語圏という世界市場でしか存在できません。読書率がまだがっかりするほど低い、イタリア語圏のような狭い市場には不向きなのです。

ともかく週刊誌は日刊紙のあとを追って、みんな同じ道を歩もうとして、それぞれが同じ読者層の獲得をめざして他誌を抜こうとしています。その結果が、かつて華やかなりし『エウロペオ』誌の廃刊、生き残りをテレビ広告に賭けてもがく『エポカ』誌、ちがいを競い合う『エスプレッソ』誌と『パノラマ』誌、といった現状なのです。努力はしても、読者の関心は薄れるばかりです。

偶然出会った知人から、それも教養のある人物の口から、毎週『パノラマ』誌に書いているコラムはすばらしいですね、と聞かされることがよくあります。そして、『パノラマ』誌は毎週買っています、あなたのコラムを読むためだけに『パノラマ』誌だけを買っています、と、へつらうように、胸を張って告げられるのです。

ショーのイデオロギー

すると日刊紙は？　週刊誌化するためにページ数を増やし、ページを増やすために競って広告を獲り、もっと広告を獲るためにさらにページを増やし別冊付録をつくり、紙面を埋めるためにともかく何かを語る必要に迫られ、なにか語るために無味乾燥なニュース(いずれにしてもテレビが先に流しています)を超える必要に迫られ、その結果、ますます週刊誌化して、ニュースを創作するために、ニュースでないものをニュースに仕立て上げる必要に迫られるというわけです。

ひとつ例を挙げましょう。数ヶ月前、グリンザーネで賞をもらうことになって、仲間で友人のジャンニ・ヴァッティモ(7)がプレゼンターを務めてくれました。哲学を専攻している人間なら、わたしがヴァッティモと違う立場を取っていることも、それでも互いの尊敬に変わりはないと公言していることも知っています。人によっては、わたしたちが若いころから兄弟同然の関係にあって、宴席などではきまって辛辣なことを言い合っては愉しんでいることも知っています。その日、ヴァッティモは、まさしく宴会ふうにやろうと決めたようで、心のこもったユーモアたっぷりの紹介をしてくれました。それにわたしのほうも、ふたりの意見が合わない状態は永久につづくだろうと大袈裟に、軽口や逆説を挿みながら、ユーモアたっぷりに応えました。翌日、あるイタリアの日刊紙が、文化欄の一面全部を割いて、〈グリンザーネの衝突〉をつたえました。コラムニストに拠れば、イタリア哲学界に前代未聞の劇的亀裂があらたに生じたのだそうです。その記事を書いた人物は、これが文化欄でさえニュースにならないことは充分承知しているのです。たんに存在しない〈事件を創造した〉にすぎません。似たような例が政界にもあるかどうかは、皆さんにおまかせします。しかしこれが文化欄の例であったことは興味深いことなのです。新聞は、文化や風俗や芸能に紙面を割きすぎたがために、それを埋めるため、事件を構築しなければならなかったわけです。そしてその広すぎる紙面を支配しているのは、ショーのイデオロギーだというわけです。

そこで一月二十三日(月曜日)付の『コッリエーレ・デッラ・セーラ』紙(総頁数四十四)と『レプッブリカ』紙(総頁数五十四)を例に考えてみましょう。『コッリエーレ』紙のほうが一面の字数が多いことを考慮すれば、物理的な量は両者とも同じであると言えます。月曜日はむずかしい日です。政治にも経済にもあたらしいニュースはありませんし、あるのはせいぜいスポーツくらいです。イタリアでは、この日になると、内閣の危機が頂点に達するものですから、われらが日刊紙は、ディーニとベルルスコーニの対決を大見出しで報じることができるというわけです。「アウシュヴィッツの日」にイスラエルで起きた惨劇が第一面の大半を占めるとして、アンドレオッティ事件の続報、そして『コッリエーレ』紙には、ケネディ一家の長老の死といった具合です。残るはチェチェンの事件だけです。あとの紙面をどう埋めればよいのでしょうか? 両紙はそれぞれ、国内記事に七頁と四頁、スポーツに十四頁と七頁、文化に二頁と三頁、経済に二頁と五頁、そして風俗・芸能・テレビ欄に八頁と九頁を充てています。両紙とも、三十二頁中十五頁は、週刊誌的な記事に充てられています。

今度は同じ月曜日の『ニューヨーク・タイムズ』紙を見てみましょう。総頁数五十三のうち、十六頁がスポーツに、十頁が市内の出来事に、十頁が経済に充てられています。残るは十六頁です。あちらの国では現在進行中の危機はないらしく、ワシントンはさして紙面を必要としないようで、「ナショナル・リポート」の五頁で国内問題を扱っています。それから、イスラエルの惨劇の記事があり、ペルー、ハイチ、キューバ難民、ルワンダ、ボスニア、アルジェリア、貧困に関する世界会議、地震後の日本、ガイヨ司教の事件と、十ばかり記事がならんでいます。それから政治分析と論説が二頁びっしりつづきます。

イタリアの新聞二紙は、ペルー、ハイチ、キューバ、ルワンダのどれについても、ふれていません。はじめの三国には、ヨーロッパ人よりアメリカ人のほうが関心をもつことは認めるとしても、いずれにしたところで、国際的な時事問題が存在しなかったわけではなく、それをイタリアの新聞各紙は、テレビ・芸能欄の紙面を増やすために、記事にしなかったのだという事実が浮かんできます。『ニューヨーク・タイムズ』紙のほうは、たまたま月曜日だからでしょう、「メディア・ビジネス」という欄を二頁設けていますが、これは、芸能人に関する予測や失態を扱うのではなく、〈ショー・ビジネス〉に関する考察と経済的分析のための欄です。

新聞とテレビ

イタリアの新聞はいまやテレビの言いなりです。よく言われるように、テレビが、新聞の紙面を決定しているのです。前の晩にクリントンかミッテラン、どちらかの大統領がテレビで会見したとか、全国ネットワーク局の社長が交代したとか、そんなことでもないかぎり、テレビニュースが一面を飾る新聞は世界中どこにもありません。

それでも紙面を埋める必要があるのかどうか、というわたしの疑問にお答えになる必要はありません。ここに一月二十二日付の『ニューヨーク・タイムズ』紙があります。折り込み広告、書評、映画、演劇、旅行、車などの週刊別冊付録も含めて、総計五六九頁です。記事のなかで、テレビがどんなふうに扱われているか——テレビはアメリカ像をふかく印象づける家電製品でもあるわけですが——見てみましょう。芸術・舞台欄付録の三十二頁をみると、テレビ番組にあらわれるステレオタイプな人種観に関する考察と、火山に関するすばらしいドキュメントの長文の批評が載っています。それから週刊テレビ番組表の冊子はもちろんありますが、テレビの話題は、軽演劇や風俗の付録にも顔すらのぞかせていません。つまり、紙面を埋め、読者の興味を引くためにテレビについて語る必要がある、というのは嘘なのです。それは選択の結果であり、必然ではありません。同じ日にイタリアの新聞は、「キアンブレッティ」[8]（まだ放映前ですから、無料で宣伝することになってしまいますが）の放映について多くの紙面をさいていました。その中心となった話題は、わたしが授業をしている大学の教室に、テレビカメラを従えたキアンブレッティが入ろうとして、それをわたしが——その場所とその役割に敬意をはらって——許可しなかったというものです。仮にこれが、ほんとうに報じるに値するニュースであるにしても(テレビから保護される聖域がどこかにあるというのはニュースでしょうから)、ほんの数行、ゴシップ記事に載せれば充分です。

ですがもし、教室のドアをノックしたのがテレビカメラを手にした政治家だったとしたら、そしてそれをわたしが拒んだとしたら、どうでしょう？　それだけでかれは、教室に入ることもヴィデオに映ることもせずに、新聞の一面を手に入れることでしょう。イタリアでは、政界がジャーナリズム優先の日程を組みますが、大事な発言はテレビでなされる(それが予告される場合すらあります)のです。すると翌日の新聞は、国内で起こったことについては語らず、テレビで言われたこと、あるいは言われる予定のことについて報じるのです。これだけならまだよしとしましょう。いまでは政治家がテレビでおこなう問題発言が新聞向けの公式声明に代わるものとなっているのはたしかですから。なにしろイタリアでは、ダゴスティーノとズガルビのつかみあいの喧嘩が、政治ニュースにまじって一面に登場する時代をむかえているのですから。

たしかにこの国は、ほかのどの国より、テレビの動向が政治の動向と密接に絡み合った国です。そうでなければ両者が〈等しなみに par condicio〉論じられることはないはずですし、しかもすでにベルナベイの時代から、つまりフィニンヴェストが頭角を現す以前から、同じ状況は存在していたことになります。したがって新聞には、この絡み合った関係について報告する義務があるのです。一月二十九日の日曜日のこと、ある外国の友人がわたしに、今日、『レプッブリカ』紙の一面と七面、『コッリエーレ』紙なら五面に、キアンブレッティの歴史的発言がおおきく載るかもしれないけれど、こんなことが起こるのはイタリアだけだね、と指摘してくれました。その発言「わたしはやめない」たるや、ただたんに、その前日サントーロのちょっと挑発するような発言を受けてのものだったのです。当然ながら、喜劇役者がひとり、仕事上の決断を下したからといって、それが一面を飾るにふさわしいニュースであるはずはありません。ことにその役者が番組を途中降板すると決断したわけでもなく、平穏につづけようとしているのであれば、なおさらです。ひとが犬に嚙みついたらニュースで、犬がひとに嚙みついてもニュースにならないなら、いまお話しした例は、だれにも嚙みついたことのなさそうにみえる犬の例だと言えるでしょう。ところがわたしたちはみな、あの、エンツォ・ビアージ(9)まで巻き込んだ論争の背後に、なにかすっきりしない感じが、明らかに政治的臭いのする論戦があったことを知っています。ですから、新聞はやむを得ず一面に掲載したのであって、責めるべきは新聞ではなく、イタリアの現状なのだとでも言うべきなのかもしれません。だからといって、そうしたイタリアの現状を生んだ責任の一端を新聞が担っているわけですから、いまの状況が危険であることに変わりはないのです。

ずっと以前から、新聞はテレビの視聴者を引きつけるために、当の競争相手を過度に宣伝することで、テレビに特権的な政治空間としての役割をあたえてきました。政治家たちはそこから当然の帰結を引き出したのです。テレビを選択し、テレビ用のことば、話し方を身につけさえすれば、かならずや新聞からも注目を浴びるにちがいないと確信したわけです。

新聞は必要以上にショーに政治色をつけました。そうなれば、政治家が、チッチョリーナ〔ポルノ女優〕を議会に、〔自分たちの同僚として〕連れ出すことで注目を集めようとするのは当然です。チッチョリーナは典型的な事例です。テレビは、本能的な〈貞淑さ〉を盾に、即座に紙面を割いた新聞とはちがって、チッチョリーナを出演させなかったからです。

インタビュー

新聞は紙面構成をテレビに依存しながらも、固有のスタイルでテレビに張り合う決断をしました。あらゆる情報(政治、文学、科学を問いません)を提供するもっとも典型的な方法は、インタビューとなったのです。インタビューはテレビにとって欠くべからざるものです。だれか人物を話題にするとき、そのすがたを見せないわけにはいかないからです。ところがインタビューは、かつて新聞が大いに倹約しながら用いた常套手段でした。インタビューするということは、思い通りの言い分を本人に語ってもらうために、だれかに紙面を提供することを意味しています。作家が本を上梓したときに起こる事態を考えてくだされればよいでしょう。読者は新聞に判断と方向づけを期待し、著名な批評家の意見や見出しの信憑性を頼りにします。ところが今日では、なにを措いても、その著者のインタビューが取れないと、新聞は負けたと考えるのです。著者のインタビューとは、いったい何なのでしょうか？　自己宣伝になることは避けられません。著者が、自分の書いた本がくだらないと公言することなど、めったにありません。暗黙の脅迫めいた言辞がまかりとおっています(わたしの記憶に照らしてみても、これは他の国でも起こっています)。「インタビューを認めていただけないなら、当方としては書評もいたしかねます」というわけです。ところが新聞は、インタビューで事足りたとばかり、しばしば書評を忘れるのです。いずれにせよ読者はペテンに掛けられるわけです。広告が批評の判断に先んじたり、取って代わってしまい、いざ書く段になって批評家が論評するのが、当の本ではなくて、さまざまなインタビューのなかで、その本について著者が語ったことだというのはよくある話だからです。

政治家とのインタビューがかなりの重要性を帯びるのは、至極当然なはずです。新聞を伝達手段として利用したい——もちろん、紙面をあたえることの是非を判断するのは新聞だとしても——政治家のほうから持ちかけるにしても、政治家の姿勢をふかく問い糾したい新聞のほうから持ちかけるにしても、それは変わりません。真摯なインタビューには、相当な時間が要るはずです。インタビューを受けた側は（これは、ほぼ世界中おなじですが）、誤解や言い間違いのないように、あとで引用された発言箇所を見直さなければなりません。いまでは、日刊紙を見渡せば、一日に、インタビューが、硬軟とり混ぜれば、十は載っていますが、どれをみても、インタビューを受けた側は、別の新聞で話したことを繰り返しています。けれど競争相手を倒すためには、その新聞のインタビューが、他紙のインタビューとひと味ちがうものでなければなりません。そこで勝負は、政治家の口から、スキャンダルを巻き起こしかねない恣意的な誇張をふくんだ曖昧な言質をもぎ取れるかどうかに掛かってきます。

こうなると、前日の発言を翌日翻すために、四六時中、紙面に登場する政治家は、新聞の犠牲者ということになるのでしょうか？　こうなればかれらに訊ねてみるほかないでしょう。「どうして承知したんです？〈ノーコメント〉という有効な手をどうして使わないのですか？」と。先の十月、所属議員にジャーナリストと話すことを禁じたとき、ボッシはこの道を選んだようにみえました。それで新聞の攻撃にさらされることになったのですから、あの選択は失敗だったのでしょうか？　それとも、少なくとも二日間というもの、どの新聞を開いてもページ一面その話題で埋まっていたのですから、選択は成功だったのでしょうか？　国会記者の面々によれば、辛辣な撤回発言が出てくるのは、きまって政治家自身が曖昧な発言をしたあとだそうです。目的は、ともかくも新聞に公表させること。とりあえず「観測気球《アドバルーン》」を上げて、当てつけや脅迫が命中したのを見とどけてから、翌日撤回するというわけです。これでは、この狡猾な政治家の犠牲者となった国会記者に質問したくなるのも無理はありません。「どうして言われるがままなのか？　どうして本人にチェックさせて、発言の引用箇所に署名させないのか？」と。

答えは簡単です。この勝負では、だれもがそれぞれ儲けにありつき、負けるものなど何もないからです。このめまぐるしい勝負の世界では、毎日毎日、発言が繰り出されるものですから、読者は計算が狂ってきて、先になされた発言など忘れてしまうのです。その埋め合わせに、新聞がニュースをまき散らし、政治家は予定通りに利益を引き出すというわけです。いわば読者や一般市民を犠牲にした〈契約犯罪 pactum sceleritatis〉なのです。これほど浸透し、しかも受け入れられているのですから、これは習慣として、〈供託〉ではなく〈社会的話法〉になるべきものでした。しかしながらすべての犯罪と同様、結局見返りなどありません。その代償はといえば、新聞にとっても政治家にとっても、信頼の喪失であり、読者の事勿れ主義的な反応なのです。

インタビューをもっと魅力的なものにするため、にわかに政治のことばが根本から変わったことは、これまで指摘されてきたとおりです。論争とテレビ討論の方法を身につけることで、慎重さを棄て、派手やかで直截な表現になったのです。長いあいだわたしたちは、さえない難解な声明を原稿どおり読み上げるだけのイタリアの政治家たちが、不満で仕方ありませんでした。それにひきかえ、マイクを前に、手ぶらで即興をまじえながら、時おり気の利いた小噺を挿んでみせたりもするアメリカの政治家たちに、あこがれを抱いていたものです。ところが事実はちがったのです。かれらの大多数は、それぞれ出身大学にある〈スピーチ・センター〉で訓練を受けていたのです。一見すると即興のようにみえて、実は一字一句まで計算された弁論術の規則を、学生時代もそしていまも、学んでいるのです。小噺は(出来の悪いものは別ですが)、昔もいまも、それ専用のマニュアルに記録されたものか、夜のあいだに〈ゴースト・ライター〉が用意したものなのです。

元老院ばりの雄弁術から解き放たれた第二共和政下のイタリア政治家は、掛け値なしに即興で話します。話はわかりやすくなりましたが、しばしば抑制に欠けます。新聞にしてみれば、ことに週刊誌に倣おうと決めた場合、これが天の恵みと映ることは言うまでもありません。失礼な譬え話をすることをお許し願いたいのですが、たとえば村の宿屋で、飲み過ぎただれかが不用意な一言を発したとたん、まわりの人間は男を煽って、とことんけしかけることでしょう。これはごくふつうの心理的メカニズムです。この挑発の力学こそ、トークショーや、報道記者と政治家の関係を左右するものなのです。今日、「政治闘争の激化」とよんでいる現象の半分は、こうした抑制不可能な力学によるものです。たしかに先ほど申し上げたように、渦中に巻き込まれた読者は、発言の具体的な内容は忘れてしまうかもしれません。けれど、論争の調子や、なんでも許されるという信念は、習性となって残るのです。

新聞、新聞を語る

　政治家の発言ばかり追いかけていると、新聞はますます、他紙についてばかり語るようになります。するとA紙には、翌日B紙に掲載されるインタビューを報じる記事が頻繁に載るようになっていくのです。A紙に声明を渡した覚えはない、と前言を翻す人物の手紙が出回り、その回答をB紙のインタビューで読んだとジャーナリストが応酬する、おまけにB紙のほうもC紙の記事から孫引きした可能性だってあるのに、だれもまったく気にも留めない――そんな事態が頻繁になるばかりです。

　新聞はテレビについて語らないとき、自分について語ります。それはテレビから学んだのです。テレビはたいがいテレビについて語っているものですから。不興を買う心配をするまでもなく、こうした異常な状況は政治家に有利に働きます。どんな発言も、たったひとつのメディアにむけて発するだけで、ほかのメディアがすべて足並み揃えて共鳴を起こすのですから、政治家にとって、これほど都合のよいことはありません。こうして世界の窓となるべきマスメディアは一枚鏡にすがたを変え、視聴者と読者は、白雪姫の王妃よろしくうっとり我が身をみつめる政治の世界をながめることになるわけです。

いまスクープをするのはだれ？

『エスプレッソ』誌は、しばしば一世を風靡するキャンペーンを打ち出してきました。初期のかの有名なキャンペーン《堕落した首都、腐敗した国》を思い起こしてください。あのキャンペーンにはどんなテクニックが使われていたのでしょうか？　わたしの自宅に揃っている『エスプレッソ』誌は、一九六五年の一年分だけですが、先日それを繰ってみました。一号から七号までは、政治から服装にまで記事は多岐にわたり、これといったスクープは見あたりません。かろうじて七号に、ヤンヌッツィの「サン・ピエトロ寺院事業所得申告書」に関する調査報告が掲載されています。イタリア政府との合意に基づき、三年間で四百億リラを脱税したとヴァティカンを告発したものです。公会議の時代にあって、憲法第七条が問題とされているのですから、緊急のテーマにちがいありません。八号に脱税問題の続報はなく、代わってホーホフートの戯曲『神の代理人』(10)に関する特集記事が登場します。作品の公演がローマ警察によって阻止されたというスカルファリの記事です。それから公会議にまつわる失態を報じた匿名記事。そして『神の代理人』の話題が、一読しただけでは読者が気づかないように、サンドロ・デ・フェオの演劇評でも取り上げられています。九号では、カミッラ・チェデルナ〔作家〕による公会議の舞台裏に関する長い連載が始まり、十三号までつづきます。

約二ヶ月後の十三号になってようやく、〈コンコルダート〉の見直しをめぐる議論を政治問題としてあつかうリヴィオ・ザネッティの記事が登場します。ようやく最後にきて、問題がヴァティカンの脱税疑惑につながったわけです。このテーマは十四号で再度取り上げられますが、トップ記事を飾ることはありません。十五号では、教会に反旗を翻した神父たちと、バルビアーナの教会で起きたあらたな事件とに関するファルコーニの記事によって、教皇庁が誌面に登場します。十六号になって、ついに社説はトップで、ネンニのヴァティカン訪問がもつ政治的効力を話題にします。イタリア国家には、みずから法律の力をしめす能力があるのだろうかと。十八号では司法の不透明なありかたをめぐる調査があらたに開始されます。

あきらかに『エスプレッソ』誌には戦略がありました。毎週毎週、「気をつけろ、気をつけろ！」と叫ぶことはできないと知っていたからこそ、調子を変え、ニュースを小出しにしながら、読者が徐々に自分の意見を形成してゆく様子を見守っていたのです。政治家たちには、しずかで諦めることのない監視の圧力を感じさせることで、いざとなれば借りは返してもらうつもりでいることを分からせたのです。

今日週刊誌が同じような行動をとることができるでしょうか？　無理です。その理由は、

1　当時『エスプレッソ』誌は、発行部数からいっても、体裁からいっても、支配者層をターゲットにしていました。いまや読者数は五倍に膨れ上がり、じっくり時間を掛けて遠回しに揶揄する手口は、もう使えないからです。

2　今日では、最初にスクープしても、ほかの新聞やメディアによって、続報や詳報が報じられますから、週刊誌が同じ話題を再度報じようとするなら、一気に声高になって、確認不充分なデータを水増ししてでも、もっと過激なニュースを見

つけなければなりません。

3 政治の世界では、政治がテレビで報じられるとき、その話題はすでに下品な喧嘩とよんだほうがふさわしいものです。ニュースの対象は、脱税行為やコンコルダート問題に関する疑惑という事実ではなく、そうした問題が火をつけた派手な激突シーンとなるでしょう(そして週刊誌は、他の新聞やテレビのニュースが問題をどう扱っているかを語るだけになるでしょう)。

4 最後に、新聞の要素がさまざまに変化するにつれ、司法当局にも新たな姿勢が生まれつつあることはたしかです。新聞は、政治権力が沈黙し、司法当局が見なかった場所に介入してきました。〈清潔な手 Mani Pulite〉事件以降、司法はあらゆるレベルで告発の精度を高め、新聞が発見できることなど、まず残されなくなったのです。裁判所から出された告発を繰り返す(あるいは不正に対する激しい競争で先んじる)か、あるいは告発の相手を司法当局に変えるか、新聞にできることはそれくらいです。そこでテレビが足を引っ張るわけですから、双方の駆け引きは激しさを増すばかりです。それは、いっさい効力を伴わないか、「政治闘争の激化」というかたちで唯一、複合的効力をもたらすか、いずれかの痙攣的発作なのです。

かつて新聞は、情報をにぎる人物が警戒しながら洩らす一言から、なにか摑もうと、ローマの宮殿の廊下という廊下にスパイ網をはりめぐらしておく必要があったのかもしれません。ところが今日では、あろうことか、生唾ものの書類を一式、こちらが要求するまでもなく整えてくれる人物から身を守る必要があるというわけです。その書類はといえば、信憑性を確認しなければ、拡声器のつとめまで果たして信頼を失いかねない、とんだ食わせものかもしれないのです。防御態勢をかため、外部からの攻撃をかわさなければいけません。ペコレッリは(事件と政界、ルポルタージュとジャーナリズムのはざまで駆け引きしながら)、ジャーナリズムを自立した第四の権力と考えていたアッリーゴ・ベネデッティ(11)に勝利しました。

国がちがったからといって、事情が異なるわけではありません。フランスでは最近、度を超したスクープ合戦が共和国大統領のもっともデリケートな人間関係を明るみに出すという嘆かわしい事態が起きたばかりです。こうしたスクープ合戦の結末がどんなものであるか、それはニクソンとクリントンの比較が教えています。

『ワシントン・ポスト』紙がウォーター・ゲート事件に関する調査を行う以前には、大統領府とその名誉に対する攻撃は、政治的なもの以外、存在したためしがありませんでした。疑惑の全体を考えるなら、ニクソンが協力者たちの行き過ぎた熱意を告発して、罪を免れることは容易にできたはずです。しかしかれは嘘から出発するという失態を犯しました。この時点でジャーナリズムは、合衆国大統領が嘘をついたという事実一点に絞ってキャンペーンを展開したのです。結局ニクソンが失墜したのは、家宅侵入に間接的に関わっていたためではなく、虚偽罪によってだったのです。つまり選択が適切かつ精確に的を絞ったものだったからこそ、効力を発揮したわけです。クリントンに対するキャンペーンが隙だらけで力を発揮しないのは、スクープが連日あらわれるうえに、せっかくスクープをものにしても、その不正がことごとくクリントンやヒラリーのものだとすることに何のためらいもないからです。不動産投機から国家の金で猫に餌をやることまで、スクープが多すぎます。世論は混乱させられ、猜疑心だけが深まります。結末は、ここでもまた、「政治闘争の激化」です。リーダーが交代するのは、かれを刑務所に送ることができたときだけなのですから。

なすべきことは？

こうした矛盾から逃れるために新聞に残された道はふたつ、どちらも困難なものです。なぜなら、いままでそれを実行してきた外国の新聞でさえ、新しい時代に適応するため、変化の必要に迫られているからです。

まず第一は、「フィジー方式」です。一九九〇年、フィジー諸島に約一月、そして去年、カリブ諸島に、やはり一月滞在したことがあります。滞在中、島で読めたのは土地の新聞だけでした。八頁か十二頁、記事の大部分はレストランの広告とローカル・ニュースでした。しかしフィジー滞在中に湾岸危機が勃発し、そしてカリブにいるあいだ、イタリアではビオンディ通告が議論をよんでいました。そうです、大事な出来事はすべて摑めたのです。その貧相な新聞はどちらも、通信社のメッセージだけをたよりに、前日のもっとも重要なニュースを、ほんの数行でみごとに伝えていたのです。はるかかなたの地で、わたしは、この新聞が記事にしないことは、たいして重要ではないのだと理解するようになっていました。

フィジーの方式に従うことは、当然のことながら、新聞にとって、恐ろしい売り上げの下落を意味します。為替用紙を読むのに長けたエリート集団むけの公報みたいになるかもしれません。要点だけを伝えるニュースの重要性を理解するには、訓練された目が必要だからです。ですが、新聞の批評的機能を失うことになる政治活動にとって、これは打撃にもなるでしょう。見かけ倒しの政治家たちは、当初はテレビがあれば充分だと考えることでしょう。しかしテレビは、あらゆる舞台と同様、消費するものなのです。ファンファーニはニッラ・ピッツィよりも長生きでした。ひとりの政治指導者が成長し成熟するのは、ちょうど新聞との関係だけが可能ならしめるような、幅の広いゆるやかで内省的な対決を通じてのことなのです。そして政治指導者こそ、こぞって週刊誌化してテレビに潰されてゆく日刊紙によって(ほんの束の間、ちっぽけな目先の利益に惑わされたあげく)、真っ先にすべてを失う運命にあるのです。

もうひとつの道は、さしずめ「ゆるやかな注目」とでもよぶべきものです。日刊紙が何でも屋の週刊誌をめざす道を棄て、世界で起こるあらゆる出来事について厳格で信頼できる情報源となることです。第三世界のある国で昨日起こったクーデタを報じるだけでなく、その国の出来事に、潜伏期間のうちから、たえず注目を寄せていれば、なぜそこで起きていることに注目すべきなのか(どんな経済的、政治的、あるいは民族的関心によるものか)を、きっと読者に説明できるでしょう。ですが、この種の日刊紙には、読者をゆっくり教育する必要があります。今日のイタリアでは、読者を教育する以前に読者を失ってしまうことでしょう。教育された読者を持ち、事実上ニューヨークでは寡占状態を誇る『ニューヨーク・タイムズ』紙でさえ、いまや、より軽くてカラフルな『USトゥデイ』紙に読者を奪われているのが現状です。

しかし別の事態が起こる可能性もあります。テレマティークとインタラクティブ・テレビの発達によって、近いうちにだれでもが、居ながらにして、リモコンを片手に無数のソースから情報を選択し、自分専用の新聞をつくって印刷までしてしまうことができるかもしれません。そうなると新聞は終わりです(たとえ値下げしてでも情報を売って、新聞社は生き残りをはかるでしょうけれど)。ただ自家製の新聞には、利用者がすでに関心を持っていることしか載っていませんし、刺激をあたえてくれたかもしれない情報や判断や警告の洪水から利用者を疎外することになるでしょう。新聞のほかのページを繰りさえすれば得られたかもしれない、意外だったり不快だったりする情報が奪われてしまうからです。いつどこで情報を探すか知りつくした情報通のエリート利用者たちと、そして余所の世界は知らないが、自分の暮らす郡で双頭の牛が生まれたことを知っていれば満足という、情報サブ・プロレタリアートの集団とが、現れることになるのでしょう。これは実際すでに、ニューヨークやサン・フランシスコ、ロサンジェルス、ワシントン、ボストンでは発行されていないアメリカの新聞について、起きていることなのです。

この場合でも、テレビに頼るしかない政治家たちにとっては、たいそうな災難となるでしょう。国民直接投票による共和国体制が実現するかもしれないからです。有権者たちが、番組ごとに、その時々で、その場その場の感情に従うだけになる可能性だってあるのです。それこそ理想的な状況だと思えるひともいるでしょうけれど、この場合、個々の政治家だけでなく、集団も運動も、ファッション・モデルのように短命に終わることになるはずです。

インターネットの未来には無限の可能性があることはたしかですし、ゴア副大統領のように、以前からそれを理解していた政治家もいます。情報は自立した無限のチャンネルを通じて広まり、頭脳中枢を欠いたシステムは統制不能となります。議論をしたければ、だれとでもできますから、リアル・タイムでアンケートに感情的に反応するだけでなく、時には少しずつ発見した含蓄ゆたかなメッセージを噛みしめながら、議会の対立や古色蒼然たるジャーナリストの論争の根底にある、関係や議論に思いをめぐらしてみるのもよいかもしれません。

ですが、まだ当分のあいだ、

1　テレマティークによるネットワークは、カトリック教徒の主婦でも、共産党再建派が頼む疎外者でも、左翼民主党から告発された年金生活者でも、右派連合支持を表明するブルジョア女性のでもなく、文明化した若いエリートの道具のままでしょう。冗談が過ぎたかもしれません。ですが、幾ばくかの真実もこめたつもりです。テレマティークのネットは、もはやあなたたちや長年あなたたちに票を投じてきた人びとではなく、ウォール街のヤッピーたちと確固たる特権的な関係でむすばれている、わたしの学生たちに権力をあたえてくれるということです。

2　こうしたネットワークは、正体がみえないから、いかなる上からの管理も逃れつづけることができるなどと言うつもりはありません。すでにして行き詰まりを体験しているからです。もしかしたら明日にも、〈偉大なる兄弟〉がアクセス・チャンネルをコントロールできるようになるかもしれませんし、そうなればもちろん「同等条件」での議論だって……

3　ネットワークが可能にする情報の無限のひろがりが、行き過ぎに対する検閲を生むこともありえます。日曜日の『ニューヨーク・タイムズ』紙には、実際「出版する価値のあるものすべて」が載っています。しかしながらそれでは、スターリン時代の『プラウダ』紙と大差ありません。七日間ですべて読みきれない以上、あたえられた情報は、検閲を受けているのと同じだと思えるからです。情報の行き過ぎは、多大な被害の偶発的な基準か、高教育をうけたエリートにあらためて許可された慎重な選択か、そのどちらかに至るのです。

どう結論づけたらよいのでしょうか？　日刊もしくは週刊の、紙でできた伝統的な意味での新聞は、つまりキオスクに足を運べば手に入る新聞は、まだいまでも、重要な役割を担っていると考えます。それは、一国の文化的な成長のためばかりでなく、ヘーゲルのように、現代人の朝の祈りとして新聞を読むことに、幾世紀もかけて慣れ親しんできた、わたしたちの喜びと満足のためでもあるのです。

しかし今日の状況を反映するように、イタリアの新聞はみずから紙面に、袋小路に入ってしまった居心地の悪さをあらわしています。ここまで見てきたように、考えられる選択肢はどれも試みるにはむずかしいものばかりだとしたら、ゆっくりと変化することからはじめるほかありません。そして、その変化に、政治の世界も無縁ではいられないのです。すでに検討した理由から、新聞の週刊誌へむけた歩みをことごとく排斥するわけにはいきません。ですが政界のゴシップや浅はかな思い付きばかりを掲載することを奨励するわけにもいきません。脱け殻になる危険は全員が背負っているのですから。

当初は、「投稿大歓迎、即時掲載」の合言葉のもとに、政治家が新聞各紙に投稿するという事態が頻繁に起こります。たしかにこれも熟考に役立つ行為でしょうし、みずからの発言に責任をとる方法にはちがいありません。政治家には、どんなインタビューについても、引用された発言箇所におとなしく署名するよう求めるべきです。そのうち政治家が新聞に登場する機会は少なくなりますが、しかし登場したときには、真剣に受け止められるでしょう。新聞にも損はないはずです。コーヒー・ブレイクの合間をぬってもぎとった、政治家の感情的な言葉の切れ端しか載せないではないか、と指弾されることはなくなるでしょうから。ではこの空白をどうやって新聞は埋めたらよいのでしょうか？　おそらく国会と大統領府(何十億という人びとにとっては、何の価値もないのですから)の狭くるしい空間以外の、余所の世界にニュースをもとめさえすればよいはずです。けれど、わたしたちにとって重要な、何十億という人びとはいるのです。そしてその人びとこそ、新聞がもっともっと語るべき対象なのです。何千というわたしたちの同胞がかれらとともになにかを創りつつあるからだけではありません。かれらが発展するか危機に瀕するか、そこにわたしたちの社会の未来がかかっているからでもあるのです。

これは、もっと世界をよく見てほしい、鏡をながめることは控えてほしい、という、新聞と、そして政界へむけた勧告のことばです。

〔原註〕

過去にも幾度か指摘したことだが、歴史的な正確さを期するため、ここであらためて思い出しておきたい。「ヴォゲーラの主婦」という提喩は（その作者について想像たくましく詮索されてきたが）、イタリア国営放送協会（ＲＡＩ）によって六〇年代に実施された、政治言語の理解に関する世論調査アンケートにその起源をもつ（アンケートの結果、「世俗政党」各党が通常の表現だと考えているものが、かれらの意に反して、一般大衆にとってまったく理解不能であることが明らかになった）。その多岐にわたるサンプルのなかに、ヴォゲーラの主婦たちによって構成されるサンプルがあった。〔ヴォゲーラは、ロンバルディア地方パヴィア近郊、人口四万人ほどの小都市〕

（1）　三部会から国王宛に提出される上奏文を指す。Cahier des États ともよばれる。

（2）　ランベルト・ディーニ Lamberto Dini（一九三一―　）。ベルルスコーニ内閣総辞職を受けて、中道左派連合「オリーヴの木」を主体に、九五年一月成立した内閣の首相（至同年四月二十一日総選挙）を務めた経済学者。

（3）　マルコ・パンネッラ Marco Pannella（一九三〇―二〇一六）。イタリア急進党結党時

(五六年)より長らく党首を務め、離婚法、中絶法などの成立に奔走した。七九年からは欧州議会に選出され、国境を越えた連合を模索する一方、国内では、中道右派と連携しながら、急進党単独の「独立リスト」候補者として選挙を戦う。

(4) 一九七八年に設立されたベルルスコーニ率いるイタリア最大の複合企業体。新聞・出版・テレビ・映画などのメディア産業から、広告、スポーツ、不動産、保険まで、その経営範囲はひろい。

(5) 〈赤い旅団 Brigate Rosse〉は七〇年代初頭に創設された武闘地下組織。七八年春の元首相アルド・モーロ誘拐暗殺事件をはじめ、「鉛の時代」とよばれるテロリズムの季節を象徴する存在。

(6) アキッレ・カンパニーレ Achille Campanile(一九〇〇—七一)。イタリアのユーモア作家。戦後いちはやくテレビ時評をはじめた人物としても注目に値する。その著作選集に解説を寄せるなど、エーコは、かれを「ユーモアの天才」とよび、高く評価している。拙訳「死のにおう笑い」(『新潮』一九九二年九月号)ならびに拙論「ファシズムと笑い」(『ファシズムの想像力』人文書院、一九九七年、所収)を参照されたい。

(7) ジャンニ・ヴァッティモ Gianni Vattimo(一九三六—)。エーコと同じく美学者ルイジ・パレイゾンの門下生。ロヴァッティとの共著『弱い思想』(一九八三)で知られる。

(8) 突撃取材を売り物にする娯楽ドキュメンタリー番組として人気を博した。

(9) エンツォ・ビアージ Enzo Biagi(一九二〇―二〇〇七)。ジャーナリスト、作家。新聞、テレビへの露出度はきわめて高い。

(10) ロルフ・ホーホフート Rolf Hochhuth(一九三一―二〇二〇)はドイツの劇作家。戯曲『神の代理人』(一九六三)によって、教皇ピウス十二世のホロコーストに対する姿勢に疑問を投げかけ、大きな反響を呼んだ。

(11) アッリーゴ・ベネデッティ Arrigo Benedetti(一九一〇―七六)。イタリアを代表するジャーナリスト。週刊誌『エウロペオ』『エスプレッソ』とも、その創刊にかかわり初代編集長を務める。

他人が登場するとき

親愛なるカルロ・マリア・マルティーニ枢機卿(1)、

あなたのお手紙はわたしを大いなる当惑から解放するものですが、それはもうひとつ別の、同じくらい大きな当惑をわたしに感じさせるものです。これまでわたしは(意に染まずとはいえ)議論の口火を切るべき立場にありました。そしてさきに口をひらく者は、必然的に、相手の答えることに思いを傾けて問いを発します。ただこのとき自分を審問官と感じることに、わたしは当惑を覚えるのです。そしてわたしは、イエズス会士はある問いには別の問いによって答えるという言い伝えを、三回にわたって反証したあなたの決意と敬虔さを高く評価しました。

しかしながら、いまわたしは、あなたのご質問にどうお答えしたらよいのか考えあぐねています。わたしの答えは、わたしが宗教的な教育を受けていなかったならば、意義深いものとなったでしょう。残念ながらわたしは、二十二歳まで(ある断絶の瞬間を迎えるまで)、カトリックの強烈な刻印を受けていました。わたしにとって宗教を離れた考え方とは、消極的に受け入れた遺産ではなく、長く緩慢な変化をたどった苦悩の結果なのです。また、わたしの道徳的信念の一部分が、いまなお、元来わたしにしるされていた宗教的な刻印によるものなのか、あるいはそうでないのか、自信がもてません。この歳になってわたしは、ある外国のカトリックの大学で（そこでは、宗教教育に携わらない教授たちの募集においても、宗教的・学問的な儀式典礼に正式に則った従順の意志表示を最大限要請しているのです）、同僚たちが、〈実存〉を信じることもなく、したがって告解することもなしに、秘蹟に近づくのを目にしました。そのとき、何十年も経っているというのに、わたしは戦慄をもって冒瀆の恐怖を感じたのです。

しかしながら、今日のわたしの「宗教的ではない宗教性」が何に基づいているのかを申し上げることはできるでしょう。それは、宗教性にはいくつかの形式があって、したがって〈聖なるもの〉、つまり〈限度〉においても、問うことと待つことにおいても（たとえ先見の明のある個人的な神への信仰が欠けるにしても）わたしたちを越えるなにものかと一体化することの意味にもいくつかの形がある、と深くわたしが確信しているからです。しかしこのことは、お手紙から察するに、あなたもご存じのことです。あなたが自問なさっているのは、こうした倫理学の形式において、強制力をもち、人をひきつけ、拒絶しえないものとはいったい何なのか、ということです。

遠まわしにものごとをとらえてみたいと思います。ある種の倫理的問題は、いくつかの記号論的問題について考察することによって、より明確なものになることがあります。わたしたちが難しい話をするとだれかが言っても気にしないでください。マスメディアの「暴露」によって、あなたも、とにかく単純に解決策を予測し考えることを促されていることでしょう。なぜ難しく考えようとするのか、それは謎も証拠も明快ではないからです。

わたしの問題は、「記号論的一般概念」、あるいは、あらゆる言語によって表現されうるような全人類に共通する基本的な根本原理が存在するのかどうか、ということでした。それほどわかりやすい問題ではありません。多くの文化において、わたしたちには明白に思われる根本原理が認識されていないことが判っています。たとえば、ある種の特質が属する実体の原理（「リンゴは赤い」とわたしたちが言うときのように）

や、同一性(a＝a)の原理など。けれど、あらゆる文化に共通する根本原理は明らかに存在し、そしてすべての文化は空間におけるわたしたちの肉体の位置に関わっている、とわたしは確信していました。

わたしたちは直立歩行をする動物です。このため、頭を下にしたままの姿勢をつづけることは困難であり、したがってわたしたちは高い・低い(前者を後者より優位にとらえがちですが)という概念を共通に理解しています。同様にわたしたちは、右・左、静止状態と歩行状態、立脚状態と横臥状態、這うことと跳ぶこと、起きていることと寝ていること、これらの違いを理解しています。手足をもつわたしたちは、頑丈なものを叩くこと、柔らかな物体や液体のなかに入り込むこと、グシャグシャにつぶすこと、トントン叩くこと、こなごなにすること、蹴飛ばすこと、そしておそらくは踊ることがなにを意味するかを、だれでも分かっているのです。このリストは延々とつづくことでしょう、そして、見ること、聞くこと、食べること、あるいは飲むこと、がぶ飲みすること、吐き出すこともこれに含まれます。そしてもちろん、ひとはそれぞれ、知覚すること、思い出すこと、欲望、恐怖、孤独、安心、喜び、悲しみを感じること、そしてこういった感情を表す音を発することが、なにを意味するかについて理解しています。同様に(すでに権利の領域に入りますが)、ひとは束縛とは一般にどういうことかが分かっています。ひとは、話したり、見たり、聞いたり、眠ったり、がぶ飲みしたり、吐き出したり、好きなところに行くのをだれかがじゃまることを望みません。わたしたちは、だれかがわたしたちを縛ったり、隔離を強制したり、殴ったり、傷つけたり、殺したり、わたしたちの思考能力を減退させ、あるいは停止させるような精神的・肉体的な拷問を加えることに苦痛を感じるのです。

ここまで、わたしが孤独な野獣のアダムの運命だけを扱ってきたことに注目してください。かれはいまだ性的関係とはなんであるかも、会話の楽しみも、子どもたちへの愛情も、愛する人を失う苦痛も知りません。しかしすでにこの段階で、少なくともわたしたちにとって(でなければかれ、あるいはかの女にとって)、この記号論はすでにある倫理学の基礎となっています。わたしたちはなにより他人の肉体の権利(これには話すことや思考することも含まれます)に敬意をはらわなければなりません。もしわたしたちの仲間がこの「肉体の権利」に敬意をはらっていたら、幼児の虐殺も、競技場のキリスト者たちも、聖バルトロメオの虐殺の夜も、異端者たちへの火刑も、強制収容所も、検閲も、鉱山で働く子どもたちも、ボスニアでの女性に対する凌辱も、存在しなかったはずです。

しかし、こうした一般的概念を本能によって即座に使えるとしても、わたしが登場させた残忍性や驚異を持った野獣(あるいは野性の女)は、いったいどうやって、自分がしたいこと、そして自分がされたくないことを理解するだけでなく、自分自身されたくないことを他人にしてはならない、と理解するにいたるのでしょうか? これは、幸運にもエデンの園がすぐにひとであふれるためです。倫理というものは他人が登場することからはじまります。道徳的なものであれ法制的なものであれ、すべての法はつねに、法を押しつける〈他人〉との関係も含めて、ひととひとのあいだの関係を統制しているのです。

あなたもまた、有徳の非信者に対して、他人とはわたしたちのなかにいると説いています。しかし問題は、漠然とした感情的傾向ではなく、「根本形成」条件なのです。人文系の学問でももっとも非宗教的な学問が教えてくれてもいるように、わたしたちを定義し、形づくるのは、他人であり、その視線なのです。わたしたちは(食べたり飲んだりせずには生きていけないのと同様に)、他人の視線や反応なしに自分たちが何ものであるかを理解することはできません。他人を殺し、強姦し、盗み、蹂躙するものでさえ、特殊な状況ではこういったことをするにしても、それ以外の場面では、仲間からの同意や愛情や尊敬や賞賛を乞い、かれらが辱めた人間にまで、不安や隷属の認識を求めます。森に捨てられた新生児は、この認識の欠如のために、人間にはなれません(あるいはターザンのように、どうあっても猿の顔に他人を探そうとします)。もしも、だれもが互いの顔に目もくれず、互いに存在しないかのごとく振る舞う、と制度的に定められた社会に生きるとするならば、ひとは死ぬか、正気を失うことでしょう。

それではなにゆえに、他人の肉体を凌辱することやカニバリズム、虐殺を是認する文化は存在し、あるいは存在したのでしょうか? これは単に、こういった文化が「他人」という概念をある部族の(あるいはある民族の)コミュニティーのなかに限定して位置付け、「野蛮人」を非人間的存在とみなしていたためです。しかし、十字軍でさえ、異教徒たちをさして愛すべき隣人とは感じていませんでした。他人の役割を認識すること、つまり他人のなかにあるわたしたちにとって拒絶不可能な欲求を尊重することが必要だと分かるようになったのは、千年をかけた成長の賜物なのです。キリスト教の愛の掟が明確に表現され、なんとか受け入れられるのも、時が成熟したときだけなのです。

しかしあなたはわたしにこうおたずねになります。こうした他人に対する重要性の意識は、倫理的行動にとってゆるぎない基礎、普遍の基礎を提供するのに充分なのか、と。このおたずねにはこう答えればよいでしょうか。あなたが「ゆるぎない基礎」と定義したものもまた、多くの信者たちが罪を犯すことを知りつつ罪を犯すことを妨げるものではない、と。議論はそこにつきるでしょう。悪の欲望は、善によって築かれ示された根本原理をもつもののなかにも現れます。しかしここであなたに、わたしをひどく考え込ませたエピソードをふたつ、お話ししましょう。

ひとつは、自分はカトリック信者だが、そのカトリックとは自分独自のものだと公言しているある作家の例です。かれの名前を言わないのは、単に、公にはしないという約束で話を聞いたからで、それにわたしは密告者でもないからです。ヨハネ二十三世の時代に、わたしの高齢の友人がその徳を讃えようという熱意から(明らかに逆説的な意図をもって)、こう言いました。「教皇ヨハネは無神論者にちがいない。自分と似たような人びとを心から愛することができるのは神を信じない者だけだ」。あらゆる逆説同様、ここにも真実の萌芽がふくまれています。無神論者(その心理はわたしの手に余ります。なぜならわたしは、どうしてひとは神を信じないでいられるのか、どうしてその存在を試すことはできないとみなすことができるのか、そして神の不在を試すことはできると考えることによってその不在を断固として信じることができるのか、ということについて、カントのようには考えないからです)を考慮に入れることなしに、超越性の経験をもったこともそれを失った経験も皆無の人物が、おのれの生や死に対して意義を与えることができること、他人への愛によってのみ、自分がすがたを消した後もあなたは生きられると他人に保証するという試みによってのみ、慰めを感じることができることは、わたしには明らかです。もちろん、信じない者もいますが、かれらは自分の死に意義をあたえようとは考えません。しかしながら、信じているとロにする者は、自分が死なないために、生きている子どもの心臓をくりぬくことさえやってのけるかもしれません。倫理学の力は、「その腹を神とする」無知な者たちではなく、聖人たちの行いに基づいて判断されるのです。

ふたつ目のエピソードです。当時わたしは十六歳のまだ若いカトリック信者でした。あるとき、「共産主義者」――五〇年代にこのことばが持っていた意味において――として知られる年上の知人と議論する羽目に陥りました。いらだったわたしは、かれに決定的な問いを投げかけました。あなたのような不信心者は、やがて訪れる自分の死にどうやって意味を与えるのだ、あなたの死はまったく無意味ではないか、と。するとかれはこう答えました。「死ぬまえに市民葬を頼むことによってさ。わたしはいなくなるが、こうすれば他のひとたちに一例を残すことになる」。あなたも生の永続性への深い信仰を、この答えを生きいきとしたものにしている絶対的な義務の感覚を、賞賛されるでしょう。そして友を裏切らないため、信者でない者の多くを苦しめ、死に至らしめるのはこの感覚であり、この感覚はペスト患者を治療するためにみずからペストにかかるよう仕向けるものです。それは、ときに哲学者を哲学へ、作家を書くことへとむかわせる唯一のこと、それは瓶のなかにメッセージを残すことになるのです。何らかの方法で、だれかが信じていたもの、美しいと思ったものを、あとからやってくる人びとが信じたり、美しいと思えるために。

こうした感情は、決定的で不動の倫理学、明らかにされた道徳、魂の生存、恩寵と劫罰を信じる者の倫理学を判断するうえでそれほど強いものなのでしょうか？　わたしは、非宗教的な倫理学の原理を自然の事実(もちろんあなたにとっても、神の恩寵の結果であるわけですが)のうえに築こうとしました。わたしたちが肉体をもち、魂(あるいはその機能を果たすなにものか)をもっていると本能的に知っているのは、他人の存在があってはじめて可能になるのだと。ですからわたしが「非宗教的倫理学」と定義したものは、結局のところ自然の倫理学であり、不信心者も否認しないものなのです。正しい成熟と自意識に導かれた自然の本能だけでは、充分な保証を与える基礎とならないのでしょうか？　もちろんわたしたちは、徳にはこれで充分だといえる刺激はないと考えることもできます……信仰を持たない者は「だれもわたしが密かに行っている悪を知ることはない」と言うことはできます。しかしよく考えてください。

信仰を持たない者は、だれもかれを高みから観る者などいないと考えていて、したがって——まさにこのために——赦しをあたえる〈何ものか〉すらいないと知っているのです。悪をなしたことを知っているなら、かれの孤独は無限のものとなるでしょう。そしてかれの死は希望のないものとなるのです。しかしながら、かれらは、信者たちとは異なり、公の告解の洗礼を試みるでしょう。他人の赦しを求めるでしょう。このことをかれらは知っています。からだの中から、したがって前もって他人を赦す必要があることを知っています。そうでなければ、後悔や呵責の念がわたしたち信仰を持たない者たちにも感じられる感情であることをどうやって説明できるでしょうか？

超越的な神を信じる者と個を越えた原理を信じない者とのあいだの無意味な対立を引き起こしたいわけではありません。スピノザの偉大な著作がまさに『倫理学（エチカ）』と名づけられていたことを思い起こしたいのです。それは、神がそれ自身の原因であると定義することからはじめられます。わたしたちのよく知るスピノザ的な、この超越的でも個人的でもない神性については措くことにします。しかしながら、いつかわたしたちがふたたび飲み込まれるであろう偉大なる唯一の普遍的「実体」のヴィジョンからも、慈愛と寛容のヴィジョンがすがたを現すことがあります。これはまさに唯一の「実体」の調和とバランスにわたしたちみんなが関心をいだいているためです。というのも、この「実体」が数千年間のあいだにわたしたちの行ったことによって誇張歪曲されたり、豊かになったりしないことなどありえない、と無理矢理考えようとしているからです。それゆえ、あえて言えば(これは形而上学的な仮定ではなく、ただわたしたちを決して見捨てることのない希望へのささやかな譲歩にすぎません)、こういった観点からも、死後の世界の問題は繰り返しかたちを変えながら持ち出されるはずです。今日エレクトロニクスの世界は、ある物理学的基盤支柱から別の基盤へと、特徴を際限なく保ったまま移行するメッセージの連鎖が存在可能であることを示唆しています。そしてそれらは、支柱を失っても、他のものに刻まれるまえに純粋な非物質的アルゴリズムとして生き残るようにさえ思われます。そして死は、ひょっとすると、むしろ自滅ではなく、爆発かもしれませんし、あるいはわたしたちが生きていることで積み上げてきた個人的記憶と後悔、つまりは癒しがたい苦しみ、あるいは完遂された義務に対する安らぎの感覚、そして愛によってもまたできている、宇宙の渦の中の「ソフトウェア」(あるいは「魂」というひともいますが)のかたちなのかもしれません。

しかしあなたは、キリストのことばや手本なしには、どんな非宗教的倫理学も、信念の力をまぬがれることなしに根本的な正当性に到達しえないではないか、と主張なさいます。なぜ神の赦しを活用する権利を不信心者からとりあげるのでしょう? カルロ・マリア・マルティーニ枢機卿、あなたが信じる対決と議論のために、神は必要ないという仮定をほんの一瞬でも信じてみてください。人間が不器用な偶然の過ちによって地上に現れ、死ぬ運命にあるばかりか、その認識を持つことを余儀なくされ、そのためにあらゆる動物のなかでもっとも不完全なものである(レオパルディを思わせるこの仮定のひびきにわたしは同調します)と。このとき人間は、死を待つ勇気を得るため、かならずや宗教的動物になるはずです。そして、模範的なイメージや説明とモデルを人間にもたらすことのできる物語をつくろうと心から願うでしょう。そして想像することのできるイメージ——なにか輝くもの、恐ろしいもの、感傷的に心を慰めるもの——のなかで、定めの時に到達することによって、キリストのモデルを、普遍的な愛を、敵への赦しを、他人を救うために生け贄に捧げられた生命を思い描く宗教的・道徳的・詩的な力をもつようになるのです。もしもわたしがはるかなる銀河からやってきた旅人なら、そしてこのモデルを持ち出すことのできる種を目の前にしていたなら、征服された神々に由来する多大なエネルギーを賞賛するでしょう。そしてこの哀れで不名誉な種は、多くの過ちを犯しはしたが、すべては「真実」であると望み、信じることに成功したという事実のみによってあがなわれる、と判断することでしょう。

そこでこうした仮説は棄てて、他の人びとに任せてみてください。けれどキリストが大いなる物語の主人公にすぎないとしても、その物語が、知らないということだけを知っていた羽を持たない二足歩行動物の願望と想像によって生まれ得たという事実は、真の神の息子がほんとうに人間の姿を纏ったという事実と同じくらい、奇跡的(奇跡的なほど神秘的)なことかもしれないと認めてください。自然の、そして地上の神秘は、それでも変わることなく、信仰を持たない者の心を乱したり和らげたりすることでしょう。

ですからわたしは、基本的な点において、自然の倫理――これはそれに活気をもたらす深い宗教性のなかで尊重されるものです――は、超越性の信仰に根ざした倫理学的原理と一致すると考えています。それゆえ自然の原理が救済の計画に基づいてわたしたちの心に刻まれているのだと認めないわけにはいかないのです。もし重なり合わない境界というものが残る――きっと残るでしょうけれど――としたら、異なる宗教同士の出会いにおいても同じことが起きるはずです。そして信仰の衝突においては、〈慈悲〉と〈賢明〉とが勝利しなければならないのです。

(1) カルロ・マリア・マルティーニ Carlo Maria Martini(一九二七―二〇一二)。当時司教会議議長の職にあり、開明的な論客として、教皇庁外からも人望を集めていた。

移住、寛容そして堪えがたいもの

1　第三千年紀の移住

二〇〇〇年が近づいている。新たな千年が一九九九年十二月三十一日深夜零時にはじまるのか、それとも二〇〇〇年十二月三十一日の深夜零時にはじまるのか、などと数学や年代学の誘いにのって議論するつもりはない。記号学の領域では、数学も年代学も、それぞれ一個の判断であり、〈二〇〇〇〉というのが魅惑的な数字であることもたしかだ。紀元二〇〇〇年の奇跡を告げる小説が前世紀あれほどたくさん生まれたことをみても、その魅力には抗しがたいものがある。

またすでに知られているように、年代学的にいえば、二〇〇一年一月一日ではなく、二〇〇〇年一月一日をもって、コンピュータのデータは危機にさらされることになる。わたしたちの感情はコンピュータに比べれば認知不能で迷走的だといえるかもしれないが、コンピュータの方は自ら誤作動をおこすまで間違うことがない。二〇〇〇年一月一日にコンピュータが誤りを犯すとすれば、それはコンピュータが正しいからだ。

二〇〇〇年はだれにとって魅力的なのだろうか？　それがキリストの推定生誕年から二千年を記すものである以上、あきらかにキリスト教世界にとってである（キリストがわたしたちの暦が始まる年に実際生まれたわけではないのは承知の上だ）。「西洋世界にとって」と言うわけにはいかない。キリスト教世界はいわゆる「西洋」世界に属するものだが、東洋文化圏にも広がっているからだ。イスラエルは、〈キリスト紀元 Common Era〉という用語でわたしたちの暦法を尊重しながらも、実際には別の方法で暦を刻んでいる。

一方、十七世紀、プロテスタント教徒イザーク・ド・ラ・ペレール(1)は、中国暦はヘブライ暦よりはるかに古いことを解明したうえで、原罪はアダムの末裔たちにのみ関わるもので、そのはるか以前に生まれた他の民族には関係しないという仮説を立てた。かれは当然異端宣告を受けたが、神学的にみて正しいにせよ間違っているにせよ、今日ではだれも疑問すら抱かない事実にかれが反応していたことにちがいはない。すなわち、それぞれの文化において効力をもつ各々の年代の数え方は、どれもそれぞれ神々の紀元と歴史記述を反映しているということ、そしてキリスト教の暦法はそのなかのひとつにすぎない(それから「西暦 ab anno Domino」の算定は一般に考えられているほど古いものではないことに留意してほしい。中世初期には、まだ暦年を、キリスト生誕からではなく、推定される天地創造の年から数えていたのだから)ということだ。

ヨーロッパ・モデルは他のさまざまなモデルに影響をおよぼしているから、二〇〇〇年は、シンガポールでも北京でも祝われることだろう。おそらくだれしも二〇〇〇年の到来を祝うにちがいないけれど、それは、この地上の民衆の大部分にとって、商売上の取り決めであって、内面的信念ではないだろう。もし紀元前に中国で文明が栄えていた(とはいえ、わたしたちは、それ以前に地中海海域でいくつか他の文明が栄えていたことも、プラトンやアリストテレスが生きていた年月を「紀元前 avanti Cristo」と数えることに同意したにすぎないことも知っているわけだが)とすれば、二〇〇〇年を祝うとは、いったいなにを意味するのだろうか？　それは、「キリスト教の」とまでは言わないとしても(無神論者も二〇〇〇年を祝うのだから)、いずれにせよヨーロッパ・モデルの勝利を意味することに変わりはない。ヨーロッパ・モデルはコロンブスのアメリカ「発見」(アメリカ・インディアンは、そのときコロンブスがわたしたちを発見したのだ、と言っている)以来、アメリカのモデルにもなったのである。

わたしたちが二〇〇〇年を祝うなら、イスラム教徒やオーストラリアのアボリジニや中国人は、いつを祝うのだろう? もちろんそんなことなど考えずにすましてもかまわないかもしれない。西暦二〇〇〇年はわたしたちヨーロッパ中心の年代であり、わたしたちの出来事なのだ。しかしヨーロッパ中心のモデルがアメリカ文化をも支配しているように見える事実はさて措くにしても(しかしながらこのモデルに一体化していないのは、ほかでもないアメリカ市民であり、アフリカ人、東洋人、インド人なのだ)、いまでもわたしたちヨーロッパ人に、ヨーロッパ中心のモデルと同一化する権利があるのだろうか?

数年前、世界中から芸術家や科学者が集う「世界文化アカデミー」がパリに創設された際、その規則ともいうべき、「憲章 Charte」が披露された。そのアカデミーの科学的・倫理的義務の規定を盛り込んだ憲章の序文のなかに、次の千年においてヨーロッパは大掛かりな「文化混淆」を目撃することになるだろうというくだりがあった。

ものごとの流れが唐突に逆行することがないとすれば(どんな事態だって起こりうる)、来たる千年紀のうちにヨーロッパがニューヨークやいくつかのラテン・アメリカの国々みたいになるかもしれないという事態に備えておく必要がある。ニューヨークに行くと、「人種の坩堝 melting pot」なる概念が否定されるのを目のあたりにする。プエルトリコ人から中国人、韓国人からパキスタン人にいたるさまざまな異文化が共存している。(たとえばイタリア人とアイルランド人、ユダヤ人とポーランド人のように)融合しているグループもあれば、(それぞれの地区で、自分たちの言語を話し、自分たちの伝統を守って)孤立を保っているグループもある。そのどれもが、共通の掟と媒体としての共通言語、そして流暢とはいえない英語を基礎に暮らしている。「白人」といわれる人びとが少数派となりつつあるニューヨークでは、白人の四二パーセントがユダヤ人で、残りの五八パーセントはそれぞれ生まれをまったく異にしている(イタリア、ヒスパニック、アイルランド、ポーランドなどの血を引くカトリック教徒がふくまれる)こと、しかもそのうち「ワスプ(WASP)」とよばれる白人アングロサクソン系プロテスタントは過半数を割っていることを忘れないでいただきたい。

ラテン・アメリカでは、それぞれの国の事情により異なる現象が生じた。スペイン人植民者は、インディアンと交わることも、(ブラジルのように)アフリカ人と交わることもあった。ときには「クレオール」とよばれる民族と言語が生まれた。「血統」という人種用語から考えても、ジャマイカ人はもちろん、メキシコ人あるいはペルー人が、ヨーロッパ系かアメリカ・インディアン系か断定するのは至難の業だ。

つまりヨーロッパを待っているのはこうした現象なのであり、どんな人種主義者も懐古的反動主義者もそれを阻止することはできないだろう。

「移民」という概念を「移住」という概念と区別して考える必要があるとわたしは思う。「移民」は、数名の(あるいは多数でもかまわない、ただ統計学的には、元々の血統に比べれば取るに足らない数である)個人が、(アメリカに渡ったイタリア人やアイルランド人、あるいは今日のドイツにおけるトルコ人のように)ある国から別の国へ移動する場合に使われる。移民の現象は政治的に管理可能であり、制限することも抑制することも、計画的に行うことも受け入れることも可能である。

移住の場合、事はそううまくは運ばない。暴力的であれ友好的であれ、自然現象として存在するからだ。いったん発生すれば、だれもそれを統制することはできない。「移住」は、ある民全体が徐々に別の居住地域《テリトリー》に移動する現象を指す(その際、元のテリトリーに何名残ったかは問題ではなく、移住者たちが移住先の文化をどんなふうに根本的に変革したかが問題となる)。かつて東から西へ大規模な移住が起きたとき、コーカサスの民は、その途上にある土地の人びとの文化と生物学的遺伝に変化を生じさせた。いわゆる「蛮族」の移住もあった。かれらはローマ帝国を侵略し、まさしく「ローマ蛮族」もしくは「ローマ・ゲルマン」と呼ばれる新しい王国と文化を築いた。ヨーロッパからアメリカ大陸への移住があった。一方は東海岸から順にカリフォルニアまで、他方はカリブの島々とメキシコからコノ・スール(チリ・アルゼンチン・ウルグアイで形成する南米三角地帯)まで。たとえ政治的に計画された側面はあったにせよ、ヨーロッパ大陸からやってきた白人たちは、出身地の文化や習慣を受けつぐのではなく、新たな文明を築き、それに第一世代(生き残った人びと)までが適応したことからすれば、これは移住というべきだとわたしは考える。

アラブ起源の民によるイベリア半島への移住のように、中断された移住もあった。計画的で部分的な移住形態をとったからといって影響が少なかったわけではない。ヨーロッパの民による東への、そして南への移住のように(ここからいわゆる「ポスト植民地主義《コロニアル》」国家が誕生する)、移住者が土着の民の文化に変化をもたらしたからである。多様な移住の類型を考察する現象学は、どうやらいまだなされていないようだが、移住が移民と異なることはたしかだ。「移民」ということばが用いられるのは、(政治的決定によって認められた)移民が移民先の国がもつ習慣を大部分受け入れるときだけであり、(だれも国境で逮捕することのできない)移住者たちが移住した土地の文化を根本的に変えるときには、「移住」ということばが用いられるのである。

今日、移民にあふれた十九世紀以降、わたしたちは不確かな現象を前にしている。きわめて流動的な情勢下にある今日、ある現象が移民であるのか移住であるのかは判定しがたい。(ヨーロッパをめざすアフリカや中東の人びとによる)南から北へのとどまるところを知らない流出現象があることはたしかだ。かつてインドの人びとはアフリカや太平洋の島々に侵入した。中国人はどこにでもいるし、日本人は、塊として肉体的に移動しなくても、その商業的・経済的組織力によって存在を誇示している。

地球全体が交錯する移動の地になりつつあるいま、移民を移住と区別することができるだろうか？　できるとわたしは思う。すでに述べたように、移民は政治的に統制可能で、自然現象である移住は統制不能だ。移民であれば、土地の人間と混ざらないように、かれらをゲットーに閉じこめられるかもしれない。移住となると、ゲットーはないし、人の交わりを止めることはできない。

ヨーロッパが相変わらず移民の事例として扱おうとしている現象は、どれも実は移住の事例なのである。第三世界がヨーロッパの扉を叩いているのだ。そしてヨーロッパがどうぞと言わなくとも入ってくるのだ。問題はもはや、チャドルをつけた女子学生がパリで受け入れられるか、ローマにいくつモスクを建てなければならないかを決断する(と政治家たちが信じたふりをしているような)ことではない。問題は、次の千年間に(予言者でないわたしには、いつと断定できないが)、ヨーロッパが多民族大陸に、あるいはそう呼ぶ方がよければ、「有色」大陸になるだろうということだ。もしあなた方が望めばそうなるだろうし、望まなくても、やはりそうなるだろうということとだ。

こうした複数文化の対立(あるいは衝突)が流血の事態をもたらすこともあるかもしれない。ある程度それは起こるだろうし、それは不可避の事態であり、長期にわたるものになるだろうとわたしは確信している。しかしながら、人種主義者たちは(理論的にいえば)種族として絶滅の一途をたどるにちがいない。かつてガリア人やサルマーシア人や聖パオロのようなヘブライ人たちが「ローマ市民 cives romani」となることに、またあるアフリカ人が帝国の玉座に上ることを我慢ならないと考えた古代ローマ貴族がいたが、かれの身に結局なにが起こっただろうか? いまでは忘れ去られてしまったこの古代ローマ貴族はといえば、歴史に敗北を喫した人物にすぎないということだ。古代ローマ文明は混血の文明だった。人種主義者は、だから堕落したのだと言うかもしれない。だがそのために五百年の歳月を必要としたのだ。わたしにはこれが、わたしたちが未来のための計画を実行可能にする時間のはばに思える。

2 不寛容

ふつう原理主義と教条主義は、緊密に連関した概念であり、不寛容のもっとも明白な形式であると考えられている。ためしに『ロベール小辞典』と『仏語歴史辞典』という最良の辞書を二冊引いてみると、「原理主義」の定義には、ただちに「教条主義」を見よとある。つまり原理主義者はすべて教条主義者であり、逆もまた真なり、と考えるよう仕向けられているのだ。

だがたとえこれが真実だとしても、逆にだからといって、不寛容な人間がすべて原理主義者であり教条主義者であるとは言えまい。たとえ現時点でさまざまな原理主義の形態に直面し、教条主義の事例がいたるところに見受けられるとしても、不寛容の問題はもっと根深くおおきな危険をはらんでいる。

歴史用語における「原理主義」は〈聖書〉解釈に結びついた解釈法の原理である。西洋近代の原理主義は十九世紀合衆国におけるプロテスタントの環境のなかで生まれ、とりわけ当時の科学がその真実性に疑問を抱いていたように見える宇宙論の認識に関して、聖書を字義通りに解釈しようとする決意によって特徴づけられた。そこから、あらゆる寓意的な解釈に対する、とくに、たとえば隆盛をほこるダーウィニズムによって起こった聖書テクストへの信頼をむしばもうとするあらゆる教育形式に対する、しばしば不寛容な拒否が生まれたのである。

この原理主義的な字義解釈の形式は古来から存在し、かつてはカトリックの神父たちのあいだで、字義の絶対信奉者と、聖アウグスティヌスのような柔軟な解釈学の支持者との論争となって展開した。しかし近代の世界において原理主義者であるためには、真理は聖書解釈によってあたえられることを認めざるを得ず、狭義の原理主義はプロテスタント以外ではありえなかった。逆にカトリックの世界では解釈を保証するのは教会の権威であるから、プロテスタントの原理主義は伝統主義の形式を帯びるほかない。イスラムとユダヤの原理主義の本質についての考察は(専門家にまかせることにして)措くとしよう。

原理主義は必然的に不寛容なのだろうか? 解釈学の分野においてならそうだが、政治の領分ではかならずしもそうではない。選ばれた者たちだけが「聖典」を正しく解釈する特権を有すると考える原理主義の一派を想像することは可能だが、そうした一派はいかなるかたちにせよ勧誘最優先の態度を支持することはないから、信仰の共有を他人に強制することも、あるいはその信仰に基づく政治社会の実現にむけて闘うことも欲することはない。

ところが「教条主義」は宗教的・政治的立場であると理解されている。宗教原理は、政治活動のモデルであると同時に国家の法の源とならなくてはならないからだ。原理主義と伝統主義が原則として保守的であるのに対し、教条主義者のなかには進歩主義者や革命派と気脈を通じる者がいる。原理主義的ではない教条主義者によるカトリック運動がある。それは全面的に宗教原理から着想を得た社会の実現をめざして闘うものだが、聖書の字義通りの解釈を強要することはないし、テイヤール・ド・シャルダン(2)の神学理論をすんなり受け入れることすらありうるかもしれない。

微妙な差異がもっと繊細な問題を生む場合もある。アメリカにおける「ポリティカリー・コレクト(PC)」現象がそうだ。あらゆる差異、宗教的、民族的、性的な差異の認識と容認を促進するために生まれたものが、原理主義の新たなかたちになりつつある。日常言語をおよそ儀礼的な様態でよそおい、精神を傷つけるような字義についての研究する。そうして盲人を「目の見えないひと」とよぶ繊細さを持ちあわせさえすれば、かれを差別することだってできるし、なにより〈政治的に正しい〉規則に従わない人びとを分け隔てすることができる。

ではは人種主義はどうだろうか？　ナチスの人種主義はもちろん全体主義だった。みずからは科学的であると喧伝したが、民族理論に関して原理主義的要素は皆無だった。イタリアの北部同盟のような非科学的人種主義は、似非科学的な人種主義と同じ文化的根源をもたないが（実際いかなる文化的根源ももってはいない）、それでも人種主義であることに変わりはない。

では不寛容は？　原理主義、教条主義、人種主義——三者の差異と類似性にそれは還元されるだろうか？　過去には人種主義者的ではない不寛容のかたちがあった（たとえば異端者の迫害、あるいは敵対者に対する独裁者の不寛容）。不寛容は、ここまでわたしが考察してきた現象すべての根源に位置する、はるかに根深いなにものかである。

原理主義、教条主義、似非科学的人種主義は、ひとつの〈教義〉を前提とした理論的な立場である。不寛容はあらゆる教義の、さらに前提として置かれる。この意味で、不寛容は生物学的な根源をもち、動物間のテリトリー性のようなものとしてあらわれるから、しばしば表面的な感情的反応に起因する。わたしたちが自分と違う人びとに堪えられないのは、わたしたちが理解できない言語を話すからであり、カエルや犬や猿や豚やニンニクを食べるからであり、入れ墨をするからだ……といった具合に。

自分と違うひと、見知らぬひとへの不寛容は、欲しいものをなんでも手に入れたいという本能と同様、子どもにとっては自然なことだ。子どもは、自分の括約筋を操れるようになる以前から、他人の所有物を尊重するようにと、少しずつ寛容性を教育される。だれしも成長につれ自分のからだはコントロールできるようになるが、不幸なことに、寛容は、おとなになってからも、永遠に教育の問題でありつづける。なぜなら日常生活の中でひとはつねに差異のトラウマにさらされているからだ。専門家が差異の教義を研究する頻度に比べて、野蛮な不寛容についてさして熱心でないのは、それがあらゆる批評的理解と定義を逸脱するものだからだ。

しかしながら野蛮な不寛容を生み出すのは差異の教義ではない。逆にそれは、あらかじめひろく潜在する不寛容の背景を最大限に利用することによって生じるものだ。

魔女狩りを考えてみよう。あれは暗黒時代の産物ではなく、近代が生んだものである。『魔女の鉄槌 Malleus Maleficarum』は、アメリカ発見の直前、フィレンツェのウマネジモと同時代の著作である。ジャン・ボダン(3)の『魔女の悪魔憑依 La Démonomanie des sorciers』は、コペルニクスの発見のあと著作をものしたルネサンス人の手になるものだ。ここで、なぜ近代世界が魔女狩りのための理論的正当性を生み出すのかを説明するつもりはない。ただこの教義が力を発揮したのは、それ以前に魔女に対して民衆の不信感が存在したからだということを思い出してほしい。古典古代(ホラティウス)にも、ロンゴバルド国王ロータリの法令(4)にも、聖トマスの『神学大全』にも、魔女は出てくる。刑法典がひったくり泥棒の存在を記録するように、日常の現実のひとつとして、魔女の存在は書き留められていた。こうした民衆信仰なしには、魔術の教義が、そして迫害の組織的実施が、流布することはなかっただろう。

十九世紀の途中に出現した似非科学的な反ユダヤ主義が、全体主義の人類学に、そしてジェノサイドという産業として実行に移されるのは今世紀になってからにすぎない。しかしカトリック神父たちの時代から何世紀にもわたって反ユダヤの論争が繰りひろげられていなかったとしたら、そしてゲットーのある場所ならどこでも世紀を越えて存在した貧民たちの反ユダヤ主義がもしも存在しなかったならば、それは生まれなかったにちがいない。反ジャコバン主義のユダヤ陰謀史観は、自分たちと異なる人びとに対するすでに存在していた憎しみを利用はしたが、前世紀初頭において大衆的反ユダヤ主義を創造することはなかった。

もっとも危険な不寛容は、いっさい教養もなしに初発の刺激によって出現するものだ。それゆえ、批判も、理性的議論による抑制もかなわない。『我が闘争』の理論的基盤はかなり初歩的な論証を積めば論破できるのだが、そこに提示されたさまざまな理想はどんな反論にも堪え抜いたし、これからも堪え抜くことだろう。どんな批評にも持ちこたえられるのは、野蛮な不寛容に依拠しているからにほかならない。わたしには北部同盟の不寛容がル＝ペンの民族戦線よりはるかに危険に見える。(5) ル＝ペンはまだしも背後に裏切りものの聖職者たちを抱えているが、ボッシには、野蛮な衝動以外なにもないからだ。

この間イタリアでいままさに何が起こりつつあるか考えていただきたい。一週間あまりのうちに、一万二千人のアルバニア人がわたしたちの国にやってきた。受け入れを表明した正規の公式規範に対し、いずれ対処不能になると流入を阻もうとする人びとの大半は、経済的・人口統計学的論証を駆使している。しかしどんな理論も、日々占領地域を拡大していく匍匐《ほふく》前進の不寛容のまえでは無効でしかない。野蛮な不寛容は、やがてあらゆる未来に人種主義的教義を提供することになる、カテゴリーの短絡に基づくものだからだ。つまり、もしも過去数年イタリアに入国したアルバニア人が泥棒や娼婦になった(事実そうなのだが)とすれば、アルバニア人はみんな泥棒で娼婦になると考えるのである。

これが、わたしたち一人ひとりをいつも誘惑しつづけるおそろしい短絡現象なのだ。どこの国でもいいが、その国の人びとを信用してはいけないと家に帰って主張するには、空港でスーツケースを盗まれるだけで充分、というのだから。

さらに恐るべきは、差別の最初の犠牲者となる貧しい人びととの不寛容である。裕福な人びと同士に人種主義はない。金持ちは人種主義の教義を生み出したかもしれないが、貧しい人びとは、それを実践に、危険極まりない実践にうつすのである。

知識人たちには野蛮な不寛容を倒せない。思考なき純粋な獣性をまえにしたとき、思考は無力だ。だからといって教義をそなえた不寛容と闘うのでは手後れになる。不寛容が教義となってしまってはそれを倒すには遅すぎるし、打倒を試みる人びとが最初の犠牲者となるからだ。

それでも挑戦してみる価値はある。民族上の、宗教上の理由で他人に発砲する大人たちに寛容の教育を施すのは、時間の無駄だ。手後れだ。だから本に記されるより前に、そしてあまりに分厚く固い行動の鎧になる前に、もっと幼い時期からはじまる継続的な教育を通じて、野蛮な不寛容は、徹底的に打ちのめしておくべきなのだ。

3　堪えがたいもの

いらいらさせられる質問がある。言いよどんだとき、すかさずどうしたのかと訊ねられるときがそうだ。「きみはどう思う？」ここ数日、だれもが（ほんの数人をのぞいて）プリブケ（ローマにおけるユダヤ人虐殺を指導したとされるナチス戦犯）事件について同じ考えでいるのに、こう訊ねられる。憤慨や当惑の答えを返すと失望されることはわかりきっている。なぜなら胸の奥でだれもが、憤慨や当惑をやわらげてくれることばや説明を聞きたくて他人に質問しているからだ。

共産党再建派から国民同盟まで、これだけ幅ひろい勢力があるのに、多士済々の面々がこれほどくだらない一般的コンセンサスを得るために口を開くのをみていると恥ずかしくさえある。まるでローマの軍事裁判所がイタリアのほぼ全国民から同意を取り付けたかのようだ。わたしたちはみな正義の側にいるわけだ。

ならばプリブケ事件は、個別の、詰まるところ(悔悛しない犯罪者に及び腰の法廷といった)かなり惨めな逸話を越えて、もっと深くわたしたちに関わるものではないというのか? また、わたしたちだって潔白ではない、と示唆してはいないというのか?

わたしたちは現行法に則って事件について論評をつづけている。現行法でなら、おそらくプリブケを終身刑にすることができただろう。しかし法制の範囲では、ローマの軍事裁判所の決定を不可解だと言うことさえできない。恐ろしい犯罪を告白した犯罪者がいたのだから、あらゆる裁判所がなすべき同じやり方で、情状酌量の余地の有無を検討することがもとめられていたはずだ。困難な時代だったことはわかるが、プリブケは英雄ではなく、哀れな臆病者だったのだから、たとえ罪の重大さを秤に掛けたとしても、命令を拒否した結果払わねばならない代償を恐れたはずだ。かれが殺したのは五人以上。だがいったん血に酔ってしまえば、ひとは獣と化す。有罪は当然だ。しかし終身刑の代わりに何十年という年月をかれにあたえようではないか。正義は守られ、やがて時効が訪れ、そしてわたしたちは苦渋の一章を閉じればいい。ひとりの老女を殺し、そして軍の正義を持たなかったラスコーリニコフには、そうはしなかっただろうか？

現行法にしたがって行動するよう判事たちに委任したわたしたちが、いまやかれらに道徳的要求や感情をむけている。しかし自分たちは司法の人間であって、人殺しではないとかれらは答える。

反対意見のほとんどもすでに発表された法典の解釈に終始している。プリブケは命令を守るべきだった、戦争状態にある国家の軍法とはそういうものだからと。それはちがう。不当な命令を拒否する権利はナチスの法律でもたしかに認められていた。加えて、ナチス親衛隊（SS）は自警組織だったわけだから、軍法にしたがって判断する必要はなかった。しかし国際協約は報復の権利を正当としている。たしかに、報復に応じることは可能だが、それは宣戦布告された戦争の場合にかぎってであり、かつてドイツがイタリア王国に宣戦布告をしたというわけにはいかない。したがって公的には戦争状態になかった国を不法に占拠したドイツ人たちは、掃除夫に変装した何ものかが一列隊を爆破したからといって嘆くことはできないのだ。

例外的な事件に対して、ひとは現行法を適用することを許せないと感じるとしても、そのために新たな法律を認可する責任を負う決心がつくまでは、こうした堂々巡りをつづけることだろう。

ニュルンベルク裁判という時代を画する事件から、わたしたちはまだすべての結果を得ていない。厳密な適法性もしくは国際的慣例の範囲からみて、あれは越権行為だった。戦争は管理されたゲームであるという事実にわたしたちは慣れていた。最後には敗北した王が勝者となった従弟を抱きしめたとき、あなたたちならどうするだろうか？　敗者を捕まえ縛り首にするだろうか？　はい閣下、ニュルンベルクを決定した人物は答える。この戦争では忍耐の限度を超えた出来事が起きたとわたしたちは考える。だから規則を変えましょう。しかし忍耐の限度を超えたといっても、それはあなたたち勝者の価値基準に則ったもので、わたしたちの価値基準は違ったのだから、あなたたちはそれを尊重しないというわけか？　ええ、わたしたちが勝利をおさめたからには、あなたたちの価値基準にあった力への賞賛を踏襲して、わたしたちも力を用いよう。あなたたちは縛り首だ。それにしてもこんな裁判が未来の戦争にどんな教訓をもたらすのか？　戦争の封印を解くものは、負ければ縛り首にされることを知るだろう。はじめるまえにそれを考えることだ。しかしあなたたちだって残忍な仕業にでたではないか！　そうだ、しかし負けたと言ったのはあなたたちのほうで、わたしたちは勝ったのだから、あなたたちを縛り首にするのはわたしたちというわけだ。しかしあなたたちはその責任をとらないのか！　責任はとるとも。

わたしは死刑に反対だから、ヒトラーを捕らえたとしても、わたしならアルカトラズ島に送っただろう。したがって、これ以降「絞首刑」ということばは、荘厳な厳罰として、象徴的な意味で使うことにする。さて絞首刑は別にすれば、ニュルンベルクでの議論は一点の落ち度もない。忍耐の限度を超えた振る舞いに対しては、法律を含め、規則を変える勇気を持つべきだ。オランダの法廷がセルビアやボスニアでのだれかの行いを裁くことができるだろうか？　いままでの規則では不可能だが、新しい規則なら可能となる。

一九八二年末、パリで、「介入」をテーマに会議が開かれ、法律家、軍人、平和運動ボランティア、哲学者、政治家などが参加した。国際社会にとって堪えがたい何ごとかが他国で起きていると判断されたとき、いかなる権利によって、どんな分別基準にしたがって、そこでの出来事に介入することが可能となるのだろうか？　合法的な政府がまだ機能していて、それが侵略に対して援助を求めている国家であるという明確な場合をのぞいて、その他の事例はどれも入念な区別を必要とするものだった。だれがわたしに介入を要求しているのか？　市民の一部か？　どこまで国を代表するものであるのか、どこまで高潔な意図をもって干渉をするのか、（サグント[6]が教えるような）帝国主義的意図はないか？　かの国で起きていることがわたしたちの倫理原則に反するときは介入するのか？　だがわたしたちの原理はかれらの原理だろうか？

何千年と儀式としてのカニバリズムが行われている国があるからといって介入するのか？　それはわたしたちにとって恐ろしくとも、かれらにとっては宗教的行為ではないか？　白人が自分の有徳の荷を背負い、わたしたちとは違うとはいえ古代からの文明をもつ人びとを従わせたのと同じことではないのか？

わたしが同意できると思った唯一の答えは、介入は革命のようなものである、というものだ。それをやってもいいと告げる既存の法律はなく、むしろそれは法と慣習に背いて行われるからだ。その違いは、国際介入の決定は、ヒエラルキーの頂点に、あるいは無秩序な民衆の動向によるのではなく、さまざまな国の人びとと政府のあいだの議論に由来するという点にある。たとえ他人の信仰や儀式、習慣、意見を尊重するべきであるにせよ、なにかが堪えがたいものとしてわたしたちのまえに現れる、ということが決め手となる。堪えがたいものを受け入れるということはわたしたち自身のアイデンティティが問われることだ。なにが堪えがたいものであるかを決定する責任を負うこと、そして行動の後は過ちの代価を支払う準備をすることが必要となる。

未曽有の堪えがたい事態が起こるとき、忍耐の限度はもはや既存の法によって定められた限度ではない。あらたに法律を制定する必要がある。もちろん、あらたな忍耐の限度に関するコンセンサスは、可能なかぎり広範囲に渡るものであり、国境を越えるものであり、「共同体」(捉えにくい概念だが、地球が回っているとわたしたちが信じているという事実さえもその基礎のひとつである)によって、ともかくも保証されていることが絶対に不可欠である。そのあと選択が必要となる。

ナチズムによって、そしてホロコーストで起こったことは、あらたなる忍耐の限度をもたらした。「ジェノサイド」とよばれる大量虐殺なら、過去何世紀にもわたって無数に行われてきたし、そのすべてにともかくも堪えてきた。弱くて野蛮だったわたしたちは、村から十マイル離れたところでなにが起こっているか知らなかったのだ。だがこれは、明らかに合意の(しかも哲学的な)要請によって、「科学」という名のもとに認可(そして実行)されたものであり、惑星モデルとして大々的に宣伝された。傷まなかったのは、わたしたちの道徳意識だけだった。わたしたちの哲学と科学を、文化を、善悪の信仰を総動員させたあげく、ことごとく無に帰そうと目論んだのである。その助けをもとめる声に答えずにいることはできなかった。そして答えられたのは、いますぐだけでなく、五十年経った後でも、そして次の世紀においても、堪えがたいことに変わりはない、ということだけだった。

その堪えがたい事態に対して、ホロコースト否定論者たちの卑劣な会計係は、死亡者が本当に六百万人なのか勘定することで、五百万、四百万、二百万、百万と、まるでその人数いかんによって、うまく商談に持ち込めるかのごとく、膿を撒き散らしているようだ。もしもかれらがガスにかけられたのでなく、不注意でそこに入れられたがために死んだのだとしたら？　たんなる入れ墨アレルギーが死因だったとしたら？

しかし堪えがたい事態を認識することは、ニュルンベルクでは、たとえ死亡者がたったひとりで、しかもたんに救助不作為によるものだったとしても、全員が絞首刑を宣告されるべきだった、ということを意味する。あらたに堪えがたいのは、ジェノサイドだけでなく、その理論化である。そしてこの理論化は大量虐殺に雇われた労働者たち(カポ)[7]をも巻き込み、その責任を問うものとなる。堪えがたい事態をまえにしたとき、意志、善意、過ちが取りざたされる。あるのは客観的な責任だけだ。ところがわたしがガス室に人びとを追い立てたのは命令されたからで、消毒のために送りこむのだと実際信じていたからです(と答えが返ってくる)。遺憾ながら、それはどちらでもかまいはしない。いまわたしたちが目撃しているのは、堪えがたさの祝祭なのであり、情状酌量の余地を残したこれまでの法律は効力を失う。だからわたしたちはあなたにだって絞首刑を宣告するかもしれない。

この行動規則(これは未来の堪えがたい事態のためにも有効であり、どこに堪えがたいことが存在するかを日々決定するようわたしたちに強いるものだ)を受け入れるべく、社会は多くの決定にそなえ(それが厳しいものであっても)、一致してあらゆる責任を引き受けなければならない。プリブケ事件における不明瞭な要素として不快にさせられるのは、自分たちがその決定からいまだにとても遠いところにいることに気づいているからだ。老人も若者も、しかもそれはイタリア人のみにとどまらず、だれもが手を引いてしまった。法律があるのだから、このあわれな男の始末は法廷に任せようと。

当然のことながら、今日、ローマの判決が下されたあとでは、堪えがたさを定義する連帯能力はまたいっそう遠ざかったと言えるかもしれない。とはいえ、以前はもっと遠かったのだけれど。そのことがわたしたちを苦しめるのだ。（告白はしないまでも）それが連帯責任であるとみずから明らかにすることだ。

そうしてはじめて、誰がために鐘を鳴らすのか、と自問するのをやめることにしよう。

（1）イザーク・ド・ラ・ペレール Isaac de La Peyrere。エーコは、『完全言語の探求』（一九九三）のなかで、十七世紀フランスにおいてエピキュロスの影響を受けたリベルタンのひとりとして、このカルヴァン派の人物が提出した、民族と種族に関する多起源説を紹介している（『前アダム人仮説にもとづく神学体系 Systema theologicum ex præ-adamitarum hypothesi』（一六五五））（原著九九－一〇〇頁、邦訳『完全言語の探求』（上村忠男・廣石正和訳、平凡社、一九九五年）一三八－一三九頁）。
（2）ピエール・テイヤール・ド・シャルダン Pierre Teilhard de Chardin（一八八一－一九五五）。フランスのイエズス会司祭、哲学者。地質古生物学の研究から、人類の定向進化説を唱えるが、生前は、アメリカに移住するまで、長く異端とされ、教壇も追われ、出版も禁止された。
（3）ジャン・ボダン Jean Bodin（一五三〇－九六）。政治思想家。学界、司法界を経て、一五七一年、一旦は政界に進出し、宗教戦争後の疲弊したフランス社会における「寛容の政治」の必要性を説くが受け入れられず、ふたたび司法界にもどる。その傍ら、「主権」という新しい概念を導入した限定君主制を唱えた『国家論全六巻』(一五七六)を著し、それが十七世紀初頭英訳されるなどして、広くヨーロッパに影響を及ぼすこととなる。妖術批判の書『魔女の悪魔憑依』は一五八〇年の著作。なおボダンの特異な宗教観と魔術批判については、D・P・ウォーカー『ルネサンスの魔術思想』(田口清一訳、平凡社、一九九三年、二〇一―二〇七頁)に言及がある。

(4) ロンゴバルド国王ロータリ(六五六年歿)の制定した、カトリックを信仰する同族の伝統的習慣に基づく三三八条からなる法律。

(5) ウンベルト・ボッシ Umberto Bossi(一九四一―)。政治家。一九七九年創立の「ロンバルディア同盟」を母体に、九一年「北部同盟」を結成。八七年上院議員、九二年より下院議員。

(6) 第二次ポエニ戦争の発端となったスペイン・バレンシア地方の町。軍事的・商業的要衝の地として、古代ローマ帝国ついでアラブの支配(七一三―一二三九)を受けた後、衰退の一途をたどる。

(7) ここでは"peones"という英語が用いられているが、エーコの意図するところは、いわゆる「カポ」とよばれた収容所労働者であると判断した。

〔解説〕モラル、その隠れた使用法

一九九七年五月、本書 *Cinque scritti morali*(ミラノ、ボンピアーニ社)が店頭にならんだとき、なによりも読者を当惑させたのは、表紙の紺色から浮き出るように印刷された黄色い書名の文字であったかもしれない。なかに「モラル」を意味する六つのアルファベットがふくまれていたからだ。ウンベルト・エーコの最新評論集が五篇の「モラル」に関する考察から成るという情報を端的につたえていたからだ。たとえば毎週、週刊誌『エスプレッソ』の巻末コラムで、ユーモアとアイロニーたっぷりの軽妙な語り口に慣れ親しんでいるエーコの読者にとって、エーコが書名に堂々と「モラル」を謳うこと自体、意外な選択と映ったにちがいない。あるいは、二冊の『ささやかな日誌』に収められているパロディや文体模倣、ことば遊びの愛読者なら、悲惨で深刻な事実について述べるときほど、エーコの筆致が軽やかになることを知っている。けっして深刻ぶったり生真面目にならないこと、教訓や説教のにおいを微塵も感じさせず、綱渡りのように軽々と〈モラリズム〉の罠をすりぬけてゆくこと——エーコがつねにみずからを戒め律しようとしている「モラル」があるとすれば、あざやかな言語遊戯にささえられた話法そのものであるかもしれないこと、しかもその「モラル」はつねに背後に隠されていることを、読者は知っている。

そのエーコが「モラル」を真正面からあつかうことなど、およそ考えがたい事態だった。モラリストに変身したエーコのすがたなど、思い描きたくもなければ、思い描くこともできなかったと言ってもいい。

書名に躍る六つのアルファベットがもたらした当惑には、だから、エーコが変身したのだろうかという懸念もまじっていた。

それが杞憂にすぎなかったと判明するまでに、さして時間は掛からなかったにちがいない。

折悪しくマルティーニ大司教との公開往復書簡(「他人が登場するとき」)から読みはじめて、そこに、カトリックの信仰を持つものと持たないものがそれぞれ拠って立つ

〈倫理〉をめぐる対話を発見し、エーコがめずらしく明確に「モラル」ということばを口にしていることに驚いたとしても、このうつくしい手紙を読み進んでいくうちに、一見真正面から「信仰の倫理学」と「自然の倫理学」とを対決させているようにみえて、実は、例の引き方、論の進め方が、どこかしら『ささやかな日誌』でしばしば遭遇する、〈パロディ〉としての論争に似ていることに気づくことになるだろう。たとえば一冊目の『ささやかな日誌』(拙訳『ウンベルト・エーコの文体練習』新潮社)に収められた「ポー川流域社会における工業と性的抑圧」のなかの第三節「ルドヴィコ門の逆説(位相幾何学的現象学についての考察)」をはじめとする似非科学的考察を思い起こしたとしても、エーコ本人からはもちろん、教皇庁内開明派として人望篤い大司教からも、けっして不謹慎の誹りをうけることはないような気がしてくる。

こんなふうにこの公開書簡にも、すでにお馴染みのエーコの遊び心が発揮されていると感じることさえできれば、あとは(原著なら)四十グラム足らずの軽さに見合った軽快さで残りの四篇を読むことができるだろう。そうしてはじめて、軽やかな思考の背後に、重くのしかかるようにして横たわっている、深刻で切実な主題も受けとめることができるのだ。だからむしろ、週刊誌コラム「ミネルヴァの知恵袋」や『ささやかな日誌』を読むように、「モラル」をめぐるこのちいさくて薄い書物も読んでほしい——そうエーコは願っているのではないだろうか。

とりわけ、最初と最後に配された二篇(「戦争を考える」と「移住、寛容そして堪えがたいもの」)において展開される〈戦争〉と〈排除の論理〉をめぐる考察のように、いわば〈自己の戒律〉としてのモラルと社会の規範(ルール)との関係のなかで、個人がなしうる選択と決断を説く際に見え隠れする、エーコの〈教育者としての顔〉に対して、余裕をもって接することが読者にはもとめられているだろう。そうすることで読者も、エーコが嚙み殺している苦い笑いを共有することが可能になるからだ。

苦い笑いとともに、たとえば「戦争を考える」で紹介される湾岸戦争当時のイタリア知識人の様子を読みながら、同じ〈事件〉を契機に日本で繰りひろげられた「反戦」や「平和」をめぐる論議を思い出してみる。するとあのとき、批判の応酬のなかでしばしば飛び交った「リアリティ」や「ロマンチシズム」ということばまでが、エーコによって「戦争、それは浪費である」とむすばれる〈戦争不可能性〉の確認を前にしたとき、いかにむなしく消費され尽くしたか、その経緯と原因をあらためて問い直さずにはいられない。少なくとも、この戦争考が、徹底して「木のぼり男爵」であろうとするエーコが遭遇した困難を、読者それぞれが、どこで、どう引き受けるかについて考えるきっかけとなることはたしかだろう。

あるいはまた、国を棄てイタリアになだれ込んだアルバニアの人びとが街角にあふれ、毎日どこかで窃盗や売春というかたちで社会とのあいだに摩擦を生むことで、眠っていた〈排除の論理〉がよび醒まされ、力を増してゆく現実のなかで、どうしたら「寛容の教育を施す」ことができるのか――最後の論考においてエーコの設定した問題は、そのまま、いま日本で暮らすわたしたちにとっても、答えをさぐらなければならないものだ。それはたぶん、脅えとか不快感といった〈気分〉をも説得できるような〈共生の論理〉を模索することであるはずだ。けれど、たとえばウンベルト・ボッシ率いる政党「北部同盟」のように、「野蛮な衝動以外なにもない」不寛容を打ちのめすことのむずかしさは、エーコにも充分すぎるくらいわかっているから、あえて歴史的射程をとおい過去まで延ばし、地理的視野をヨーロッパ域外にまで拡大することによって、民族や文化、宗教の多様性と混淆性を確認することからはじめようと提言しているのかもしれない。

九八年七月、スペイン、カルロス五世ゆかりのジュステ・ヨーロッパ・アカデミー会員に推挙されたときも、エーコは、ヨーロッパが共同体として機能してゆくためには、民族をはじめとする多様な差異の共存を保証する方途をさぐるべきだと強調した。おおよそルネサンスあたりから歴史的におおきな役割を果たしてきたといえる、ヨーロッパにおける国民国家の理念に代わって、コミュニケーション・テクノロジーの進歩に後押しされて、国家や民族の差異を超える都市間ネットワークの形成が、けっして小さくない可能性として浮上してきた現在にあって、〈共生の論理〉こそが未来をひらく鍵になると述べている。それは、北部同盟のように、民族、言語、歴史、どれをとっても統一的起源をもたないポー川流域一帯を「パダーニャ」とよび、中間階層の南部イタリアに対する経済的不満を吸収すべく分離独立を声高に叫んだところで、それが捏造された政治的虚構にすぎないことを納得させるためにも、排除(=不寛容)ではなく、共生(=寛容)をもとめるべきだと確認するかのようだ。

エーコがさぐる〈共生〉の可能性は、本書の最終節（「堪えがたいもの」）であつかわれる戦犯プリブケの事件をめぐる考察にも反映している。

第二次大戦末期、一九四四年三月二十四日、ローマ郊外の洞窟で、ユダヤ人七十五人をふくむ市民三三五人を虐殺したとされる事件（「アルディアティーネの虐殺」）の共謀者として、イタリア軍事法廷に起訴された元ナチス親衛隊将校、それがエーリッヒ・プリブケである。一九九五年十一月に逃亡先のアルゼンチンより強制送還されてから九ヶ月後、時効成立（軍法上は五十年）による無罪判決が下されたが、ドイツ政府からの身柄引渡し要求を理由に、判決の翌日、再度収監される。以後、イタリア各地で抗議行動が繰りひろげられるなか、時効を破棄し再審を命じた最高裁と、それを拒み一般法廷での審理を主張する軍事法廷、さらには「軍事事件」は管轄外とする一般法廷とのあいだで、被告人の押し付け合いがつづいた（ちなみに、その後、プリブケに対して、九七年七月には、「複数の殺人」罪により禁固十五年（即時減刑措置により五年）の差戻し審判決が、九八年三月に、終身刑の控訴審判決が下された）。

エーコの一文は、プリブケ裁判をめぐって、司法界のみならず、イタリア世論全体が揺れ動いていたさなか、日刊紙に寄せられたものである。

一九四三年九月八日を境に、枢軸国から連合国へと転身したイタリアにとって、「アルディアティーネの虐殺」は、被害者としての自画像を保証する事件だった。言い換えるなら、加害者像を塗り込め、被害者の顔だけを曝すことで、ファシストやナチス協力者による自国の戦争犯罪を棚上げにすることを可能にした象徴的なできごとだったのである。だからもし、二名を射殺したことを認めながらも、命令は拒めず遂行するしかなかったと供述する八十二歳の老人を、ニュルンベルクの国際法廷で裁かれた他のナチス戦犯と同様に、時効のない「人道に対する罪」によって訴追するとすれば、おのずと、これまで半世紀にわたって、不充分なまま追及を放置してきた国内の戦争犯罪者をもあらためて裁かざるをえなくなる。それが一審判決後の迷走ぶりを生んだ大きな原因でもあった。

プリブケ事件の背後には、こうしたイタリアが抱える戦争責任の問題がある。エーコが「連帯責任」ということばを口にするのは、その責任の所在を明らかにしないかぎり、たとえ再審が行われ、世論がのぞむような判決がプリブケに下されたとしても、イタリアの〈戦後〉は終わらないと考えているからだ。「わたしたちだって潔白ではない」と告白することによって、一方的に「正義の側に立つ」ことを反省しなければ、「寛容」の限度が低下するばかりで、〈共生〉の可能性は萎むほかない――どうやらエーコはこう諭《さと》そうとしているようだ。

「もっと世界をよく見てほしい、鏡をながめることは控えてほしい」――イタリア上院での講演「新聞について」をむすぶこの言葉は、エーコがマスコミと政界にむけて発した「勧告」である。速報性においてテレビと競い合った末に週刊誌化の一途をたどるかにみえるイタリアの新聞、その結果出現したマスメディアの一元化状況に便乗する政界――みずからの欲望が鏡の中に映しだす虚像を、我が身のすがたと錯覚(したふりを)している両者を告発していると言ってもいい。そこで、もたれ合った両者の関係を変えるためには、まず新聞がスクープやスキャンダルに踊らされることなく、ひろく世界に視野を広げ、ちいさなできごとでもいい、ゆっくり持続的に事象を追跡し分析することが、ひとつの有効な選択肢ではないだろうか、とエーコは提案する。

窓の内側にばかりそそいでいる視線を転じて、外に在る世界に倦むことなく目を凝らすこと――この「ゆるやかな注目」とよばれる姿勢は、ネットワーク・テクノロジーの申し子ともいえる情報エリートによる情報の寡占状況においても、その効力を失うことがないと、エーコは確信しているようだ。

そして、エーコの提言する〈外部への注視〉が、〈共生〉の可能性をふくらませるものであることは言うまでもない。〈外〉に在るからといって、無数の異物から目を逸らすのではなく、その多様な異質性に目を凝らし見極めることが、独り善がりな視野狭《きょう》窄《さく》を回避する方法のひとつであるとすれば、そうして獲得された複眼的な視界は、〈内〉に在る異物に対しても、あらたな像をむすぶはずだ。

持続的で複眼的な凝視は、コロンビア大学で行われた講演「永遠のファシズム」のなかでも、繰り返しその必要性が強調されている。

折しもオクラホマで極右武装集団による連邦政府ビル爆破事件が起きた直後、アメリカの若者たちを前に、みずからの〈ファシズム〉体験の記憶から語りはじめるエーコは、いつになく啓蒙的にみえる。その基本的な歴史事実の認識について語るときも、図式化をまじえながら分析的に定義を試みるときも、いつものようにユーモアとアイロニーはまじえながらも、懇切丁寧とよぶのがふさわしい、諭すような口調で〈ファシズム〉について語ってゆく。
そうした語り口をエーコに選ばせたのは、ネオナチや北部同盟といった現代の現象のなかに、〈ファシズム〉がかたちを変えて生き延びているという認識にほかならないだろう。

いずれにしても、たとえ政治体制が転覆され、その結果、体制のイデオロギーが批判され非合法化されることはありうるとしても、体制とそのイデオロギーの背後には、かならず特定の考え方や感じ方、一連の文化的習慣、不分明な本能や不可解な衝動が渦巻く星雲のようなものが存在するわけです。つまりいまもまだ別の亡霊が〔……〕ヨーロッパを徘徊しているということなのでしょうか？

すがたを変えた「亡霊」の正体を暴くために、まず〈ファシズム〉の定義から曖昧さを取り除く必要がある。そこでエーコは、歴史的ファシズムの現象を分析し、そこから共通要素を抽出することによって、「原ファシズム Ur-Fascismo」という概念を措定する。「永遠のファシズム」とは、この「原ファシズム」の異称として、現代の「ファジーなファシズム」に対置されるものであると同時に、〈ファシズム〉のしたたかな生命力を象徴すべく選び取られた呼称でもある。

なにげない無邪気な装いで徘徊する亡霊を見過ごすことのないよう、過去に、そしていまの日常に、ぬかりなく視線をめぐらすこと――それがいまを生きるものの義務であるとつたえるためなら、直截な表現も辞さないという覚悟のようなものすら、エーコの口調には込められているようだ。

自由と解放とは、けっして終わることのない課題なのです。「忘れてはいけない」――これをわたしたちの合言葉にしましょう。

あとはすべてわたしたち読者にゆだねられている。忘却することも、記憶することも。そして、この軽くてうすい書物の重みを受けとめることも。

＊

最後に、ときに不躾な質問にも親切に答えてくださった大西英文さん、崎山正毅さんはじめ勤務先の同僚の方々、そして友人たちに心から感謝します。そして誰よりも、ぼくの遅々とした翻訳作業をあたたかく見守ってくださった、岩波書店編集部の高村幸治さん、本当にありがとうございました。

一九九八年秋　京都北白川にて

和田忠彦

少年ウンベルトの自由と解放を継いで
——「現代文庫版訳者あとがき」にかえて——

一九九五年四月二五日、ニューヨークはコロンビア大学で、学生・教職員を前にエーコが行った講演「永遠のファシズム」は、当の講演者本人がこの世を去ったいまでも(というより、いまだからこそ、というべきか)、わたしたちが読み取り学ぶ多くの示唆をあたえてくれるばかりでなく、二〇世紀イタリアの有した最大の知識人の原点にある体験についての雄弁でナイーヴな手掛かりを指し示している。

イタリアがいわゆる第二次世界大戦とファシズム体制をくぐり抜け、みずからの手で解放を実現したと胸を張って宣言した最初の日から半世紀を数える日に、連邦政府ビル爆破事件の余波にゆれるアメリカで、みずからの体験もまじえながら「ファシズム」について話すという選択を、何故エーコはしたのだろうか。

一九三二年生まれのエーコにとって、イタリアが「解放」をむかえるまでの二年間は、「ナチス親衛隊とファシストとパルチザンが銃撃戦を繰り返すなかで」過ぎていった。そしてミラノのロレート広場にムッソリーニとクララ・ペタッチの死体がさらされてから二日後、一三歳の少年ウンベルトが暮らすちいさな町アレッサンドリアにもパルチザンがやってくる。そして市庁舎のバルコニーから「解放」を告げる地元のパルチザン指導者の演説を、そして集まった人びとの歓喜の声を聴いた少年は、「ことばの自由とは修辞の自由を意味する」と気づく。

けれど戦争が終わったことも、「解放」と言うけれどいったい何から解放されたのかを理解したのも、「平和」に途惑いながらも、徐々に、ホロコーストの写真を見たり、レジスタンス運動のヨーロッパ全体へのひろがりを知ったりしたあと、月が変わってからのことだったという。

小説第五作『女王ロアーナ、神秘の炎』(二〇〇四年/邦訳、岩波書店、二〇一八年)には、一六章「風が鳴る」を中心に、そんなウンベルト少年の体験が各所に投影されている。「戦争が終わって、ぼくはもう多くのことを知っていた。赤ちゃんがどうやって生まれるのかだけでなく、ユダヤ人がどのようにして死ぬのかも知った」(下巻一二五頁)。こう回想する主人公ヤンボは一九三一年末、エーコの数日前に生まれた、同学年という設定だ。祖父の住む村に疎開した少年は、そこでファシズム体制末期から四五年四月二五日の「解放」までを生きる。三八年制定の人種法によって顔見知りのユダヤ人家族がどこかへ連れ去られたり、四三年九月八日の無条件降伏以降、パルチザンに身を投じた近在の若者たちが幾人も銃殺されたりする。成り行きからとはいえ、身をもってナチ・ファシストとの戦闘に加わり、親しい年長の友人の死を真近で体験する。そして途惑いながら「解放」後の奇妙な宙ぶらりんの時間を生きるなかで、「自由」の意味を体得してゆく。

間違いなくもっとも自伝的色彩の濃いこの小説作品において、エーコが伝えようとしたのは、ファシズム体制下の日常と、束の間の非日常をはさんで、なだらかにつづいてゆく「戦後」の日常が、たとえば一九三二年生まれの少年の眼にどう映ったかということであったのかもしれない。

そして「永遠のファシズム」においても、エーコは、自分の眼に映った「解放」直後の様子を語って聞かせてから、当時イタリアで頭を擡げつつあったレジスタンス運動にたいする懐疑的見方を、にべもなく切り捨てる――「わたしの世代にとっては、そうした問いそのものが無意味です。わたしたちは直ちに、レジスタンスの倫理的・心理的意味を理解したのですから。わたしたちヨーロッパ人が解放をただ手をこまねいて待ち焦がれていたわけではないと知ることは、誇るべきことなのです」。

そのうえで、「色合いのちがう人びとにとって共通の大事業」であった「解放」の歴史を、いまを生きる者たちが学び記憶に留めることの大切さを説きつつ、「ファシズム」がいつもその都度異なる様相のもとに繰り返し繰り返し出現しつづける理由について、「〈ファジー〉な全体主義」との規定に基づいて、その「原ファシズム」が備えうる一四の特性を列挙しながら考えてゆく。

そして最後に、「これ以上ないくらい無邪気な装いで、原ファシズムがよみがえる可能性」に目を凝らしつづけるべきだと警鐘を鳴らす――「自由と解放とは、けっして終わることのない課題なのです。「忘れてはいけない」――これをわたしたちの合言葉にしましょう」。

エーコの遺したこのことばを、エーコが逝ったいま、わたしたちはあらためて実践の手掛かりとして胸に刻んでおきたい。

だが僕らは死者たちの眼のなかにいる
そして大地に自由をつくってゆく
だが死者たちの拳は握りしめている
生まれるはずの正義を

（フランコ・フォルティーニ「最後のパルチザンたちの歌」より）

＊

一九九八年秋、本書は岩波書店から刊行された。訳者として、エーコがこの小品にこめた願いが日本の読者にどんなふうに受けとめられるのか、その顚末を注視していたのだけれど、期待に反して、この小品が日本のいまに重ねて論じられることは稀であった。

しばらくして辺見庸が日本のメディアに蔓延しつつある両論併記の体裁を採った民

主主義的虚妄を批判するなかで、本書を引きながら日常に潜む「原ファシズム」に目を凝らすことの必要性を説いたのが二〇〇二年二月〜四月の『サンデー毎日』誌上でのことだ(『永遠の不服従のために』毎日新聞社、二〇〇二年、現在は鉄筆、二〇一六年、所収)。九・一一テロの後、「見た眼は谷川俊太郎の詩のように優しく、何気ないのだけれど、この国のどの領域よりも早く不可視の戦争構造を完成しつつあるのが、教育現場といえるかもしれない」と感じるジャーナリストの前には、「エーコのいうファジーな全体主義の借景には、常に「私」のいないマスメディアがたんに権力的な集団としてひかえている。だから、この国のファシストにはファシズムを誇示する集会も行進も必要でない」と苛立ちの滲むメディアの光景がひろがっていた。

それからさらに十余年が経ち、気がつけば、「原ファシズム」一四の属性は、エーコの予見したとおり、「なにげない装いで」わたしたちの日常の見慣れた風景の一部と化している。

その間ぼくは、たとえば、永井愛による一連の二兎社の舞台を観るたびに、笑い飛ばそうとしても払いのけられないくらい重苦しさを増すばかりの「空気」のなかに、エーコの挙げた「原ファシズム」の兆候が、さて今回はいったい幾つ忍び込んでいるのだろうかと自問を繰り返したりしていた。

卒業式での「君が代」の扱いをめぐって、斉唱推進派・反対派・無関心派入り乱れて繰りひろげるドタバタに翻弄される、伴奏を命じられた元売れないシャンソン歌手の音楽講師の目に映る『歌わせたい男たち』(二〇〇五、二〇〇八)から、テレビ局を舞台に、脅えの連鎖が増幅させるメディアの「自主規制」がはらむ『ザ・空気』(二〇一七)にいたるまで、どれもが笑いのどす黒さに、見終わったあとの憂鬱が濃くなるばかりとあれば、舞台に足を運ぶのにもかなりの気力が要った。それでも欠かさず、『かたりの椅子』(二〇一〇)も、『兄帰る』(二〇一三)の再演も、『鷗外の怪談』(二〇一四)も、この眼で見てきたのは、舞台に笑ったあとの憂鬱に堪えられなければ、いまの日常に向き合うことも叶わないと思ってのことだ。

とりわけここ五年来わたしたちが生きている日常をみつめ反省しようとするとき、『永遠のファシズム』においてエーコが届けようとしたメッセージを受けとめ直すことは大きな示唆をあたえてくれる。

つい最近刊行された青木理の『情報隠蔽国家』(河出書房新社、二〇一八年)には、「エーコとタブッキ」と題された短いコラム(二〇一六年三月一三日付)にとどまらず、全体を貫く動機のひとつとして、エーコによるファシズムへの警鐘が織り込まれている。こうして日本でもようやく、本書がふたたび活かされるようになったのをみて、訳者としてはうれしいかぎりなのだけれど、あいにく品切れになって久しい本書はかなりの古書価をつけられて出回っている。どうにかこの状況を解消したい――そう願っていた。

そんなとき、岩波現代文庫に版をあらためて収録すると吉田裕編集長から連絡を頂戴し、今回の新版刊行が実現した次第。編集にあたっては、中西沢子さんにお世話になった。おふたりに心より感謝申し上げる。

折しもイタリアでは、二〇一八年一月一一日、エーコが死の前年友人たちと興した出版社「テセウスの舟」から、本書から「永遠のファシズム」だけを取り出した五十余頁の小冊子《パンフレット》が発売された。黒の表紙いっぱいに白抜きで著者名と書名、ひときわ大きくECOの文字をあしらったちいさな本は、発売前から話題をよび、この講演の存在を知らずにいたあらたな読者へと確実に手渡されはじめている。

二三年前、イタリアの解放記念日に、ニューヨークでエーコが発したメッセージは、いっこうにその有効性を失うことがない。それどころか、いまのイタリアでこそ読み継がれるべきものだ——そう出版社主エリザベッタ・ズガルビも述べている(ANSA通信社二〇一八年一月一〇日付インタビュー)。

この小冊子がわたしたちに教えているのは、ファシズムが前世紀イタリアやヨーロッパの生きた歴史の一時代であるだけでなく、わたしたちの社会につねに潜む危険であるということだ。イタリアとヨーロッパの政治の現状が、ウンベルト・エーコの省察がどれほど根本的で必要なものであったかをしめしている。これはすべての学校に備えられるべき書物だ。なぜなら歴史の意味と記憶の大切さについて考えることを教えてくれるから。

この再刊からひと月もしないうちに、イタリア中部の小都市マチェラータで、別の地方議会選挙に極右政党「同盟」(前身は「北部同盟」。二〇一八年に改称)の候補者として出馬した経歴を持つ二八歳の青年による移民を標的にした銃撃事件(一一人負傷)が起きた。ネオナチ・ファシストの集う「カーサ・パウンド(パウンドの家)」や極右政党(議席を持たないから「政治団体」とよぶべきかもしれない)「フォルツァ・ヌオーヴァ(新勢力)」との繋がりも取り沙汰される青年の犯行動機は、ひとえに有色移民排斥であったという。この事件がイタリアにあたえた衝撃はけっしてちいさくはなかった。移民排斥が日中往来での発砲という選択へと短絡した最初の事件であったからだ。

不寛容の行きつく果てに、こんな選択があるとしたら、さていかなる手立てを講じれば、これを未然に食い止められるのだろうか——悲観ばかりが先に立つ問いの答えに、エーコならどんな反応をしただろうか。

二〇一六年二月一九日にこの世を去ったエーコが、その二ヶ月余り前の一一月二八日、病を押してイタリア大統領官邸で高校生たちを前に、ヨーロッパ(文化)の歴史的一体性を古典古代から説き起こしながら、自由な視点と歴史への敬意をもってほしいと話している。自分の孫たちもふくめ、未来の担い手に、狭量で硬直した大人になるな、知に対しあらかじめ理解を拒むなと希望を託そうとしたのだろう。

その希望のメッセージを、たとえば本書を通じて、日本語の読者にも届けることができたら、訳者としては、またひとつエーコに恩返しができた気がする。

和田忠彦

二〇一八年六月

本書は一九九八年一〇月、岩波書店より刊行された単行本に、「少年ウンベルトの自由と解放を継いで——「現代文庫版訳者あとがき」にかえて」を付したものである。

永遠のファシズム　ウンベルト・エーコ

2018年8月17日　第1刷発行
2024年2月26日　第5刷発行

訳者　和田忠彦《わだただひこ》

発行者　坂本政謙

発行所　株式会社　岩波書店
〒101-8002 東京都千代田区一ツ橋2-5-5
案内 03-5210-4000　営業部 03-5210-4111
https://www.iwanami.co.jp/

印刷・精興社　製本・中永製本

ISBN 978-4-00-600388-3　Printed in Japan

岩波現代文庫創刊二〇年に際して

二一世紀が始まってからすでに二〇年が経とうとしています。この間のグローバル化の急激な進行は世界のあり方を大きく変えました。世界規模で経済や情報の結びつきが強まるとともに、国境を越えた人の移動は日常の光景となり、今やどこに住んでいても、私たちの暮らしは世界中の様々な出来事と無関係ではいられません。しかし、グローバル化の中で否応なくもたらされる「他者」との出会いや交流は、新たな文化や価値観だけではなく、摩擦や衝突、そしてしばしば憎悪までをも生み出しています。グローバル化にともなう副作用は、その恩恵を遥かにこえていると言わざるを得ません。

今私たちに求められているのは、国内、国外にかかわらず、異なる歴史や経験、文化を持つ「他者」と向き合い、よりよい関係を結び直してゆくための想像力、構想力ではないでしょうか。

新世紀の到来を目前にした二〇〇〇年一月に創刊された岩波現代文庫は、この二〇年を通して、哲学や歴史、経済、自然科学から、小説やエッセイ、ルポルタージュにいたるまで幅広いジャンルの書目を刊行してきました。一〇〇〇点を超える書目には、人類が直面してきた様々な課題と、試行錯誤の営みが刻まれています。読書を通した過去の「他者」との出会いから得られる知識や経験は、私たちがよりよい社会を作り上げてゆくために大きな示唆を与えてくれるはずです。

一冊の本が世界を変える大きな力を持つことを信じ、岩波現代文庫はこれからもさらなるラインナップの充実をめざしてゆきます。

（二〇二〇年一月）

G467
コレモ日本語アルカ？
―異人のことばが生まれるとき―
金水　敏

ピジンとして生まれた〈アルヨことば〉は役割語となり、それがまとう中国人イメージを変容させつつ生き延びてきた。〈解説〉内田慶市

G468
東北学／忘れられた東北
赤坂憲雄

驚きと喜びに満ちた野辺歩きから、「いくつもの東北」が姿を現し、日本文化像の転換を迫る。「東北学」という方法のマニフェストともなった著作の、増補決定版。

G469
増補 昭和天皇の戦争
―「昭和天皇実録」に残されたこと・消されたこと―
山田　朗

平和主義者とされる昭和天皇が全軍を統帥する大元帥であったことを「実録」を読み解きながら明らかにする。〈解説〉古川隆久

G470
帝国の構造
―中心・周辺・亜周辺―
柄谷行人

『世界史の構造』では十分に展開できなかった「帝国」の問題を、独自の「交換様式」の観点から解き明かす、柄谷国家論の集大成。佐藤優氏との対談を併載。

G471
日本軍の治安戦
―日中戦争の実相―
笠原十九司

治安戦(三光作戦)の発端・展開・変容の過程を丹念に辿り、加害の論理と被害の記憶からその実相を浮彫りにする。〈解説〉齋藤一晴

2024. 2

岩波現代文庫[学術]

G472

網野善彦対談セレクション

1 日本史を読み直す

山本幸司編

日本史像の変革に挑み、「日本」とは何かを問い続けた網野善彦。多彩な分野の人々との対談を、没後二〇年を機に改めて編成する。

(全二冊)

2024. 2